Vinzenz Naeßl-Doms
Altes Schloß, W-7758 Meersburg
(neue Postleitzahl 88709)

Erste Auflage 1993

Druck: Druckerei H. Zanker, Markdorf
Buchbinderische Verarbeitung: Großbuchbinderei Moser, Weingarten

ISBN 3-929874-00-8

Walter Gödden

Annette von Droste-Hülshoff auf Schloß Meersburg

Die Lebensjahre am Bodensee im Spiegel
ihrer Dichtung und Briefe

Denkmal der Annette von Droste-Hülshoff
links vom Eingangsportal zum Alten Schloß Meersburg

Inhalt

Zur Einführung

So betrachte ich Meersburg wie die zweite Hälfte meiner Heimath und bin auch wirklich recht gern dort, – nicht nur, was den Aufenthalt im Schlosse anbelangte (wo mir wirklich so viele Liebe und Nachsicht mit meinen Seltsamkeiten zu Theile wird, <...>), sondern auch das Städtchen ist so angenehm, als seine Kleinheit dies irgend gestattet; man ist völlig unbelästigt, kann ganz angenehmen Umgang finden, Music, Lecture, mehr, als man erwarten konnte, und darf auch, andererseits, sich zurückziehn, z.B. wie ich, fast isolirt leben ohne Nachrede und piquirtes Wesen fürchten zu dürfen –

(Brief Annette von Droste-Hülshoffs an Philippa Pearsall vom 27. August 1844)

Westansicht der Meersburg

Annette von Droste-Hülshoff, die „Stockwestfälin“, und der Bodensee: Paßt das zusammen?

Die Dichterin verband mit dem Bodensee und dem Alten Schloß Meersburg keine „Liebe auf den ersten Blick“, später aber eine umso intensivere Beziehung. Hier entstanden viele ihrer schönsten Gedichte, und von hier schrieb sie Briefe, die zu den besten der deutschen Briefliteratur zählen.

Insgesamt etwa sieben Jahre hat Annette von Droste-Hülshoff am Bodensee zugebracht, eine Zeit, die bleibende biographische und literarische Spuren hinterlassen hat. Das vorliegende Bändchen geht solchen Spuren nach und kann dabei aus vielen bisher unbekannten Quellen schöpfen.

Zusammengenommen ergeben diese Zeugnisse ein rundes Bild. Gleichsam tagebuchartig können wir nachvollziehen, womit sich „Fräulein Nette“ während ihrer drei Aufenthalte auf dem Alten Schloß beschäftigte, welche literarischen Werke damals entstanden und was die Autorin innerlich bewegte.

Und da ist auch ihr „Fürstenhäusle“ zu erwähnen, ihr kleines, oberhalb Meersburgs gelegenes „Tusculum“, das sie im November 1843 sehr günstig ersteigerte. Hier wollte sie einmal ihr Poetendomizil aufschlagen und ganz nach eigenen Vorstellungen leben und schreiben – der Traum einer Dichteridylle, der sich freilich nicht realisierte. Und doch: Mit Meersburg und dem Bodensee verband die Dichterin Momente ungeahnter Lebens- und Schaffenskraft, Momente, die in ihrem Leben ihresgleichen suchen.

Ein neuer Freund der Familie

Was hat Annette von Droste-Hülshoff überhaupt an den Bodensee geführt?

Anlaß hierfür war die 1834 geschlossene Ehe ihrer Schwester Maria-Anna (1795-1859), genannt Jenny, mit dem Freiherrn Josef von Laßberg (1770-1855). Die Familie von Droste-Hülshoff war durch ihren mütterlichen Zweig ‚von Haxthausen' schon seit 1814 mit Laßberg bekannt. Dieser, selbst aus eher einfachen Verhältnissen stammend, begleitete damals seine Gönnerin und Lebensgefährtin, die verwitwete Fürstin von Fürstenberg, auf den Wiener Kongreß, wo es zu einer Begegnung mit dem Onkel der Droste, Werner von Haxthausen, kam. Damals hatte Laßberg die Fürstin bereits seit sechs Jahren bei der Landesverwaltung unterstützt.

Im Jahre 1822 starb die Fürstin. Sie hinterließ Laßberg nicht nur das im Thurgau gelegene Gut Eppishausen, sondern auch literarische Handschriften und Bücher von fast unschätzbarem Wert, darunter auch eine Abschrift des Nibelungenliedes.

Zur ersten Begegnung zwischen der Droste und Laßberg sollte es ursprünglich in den Jahren 1830/31 kommen. Es war geplant, daß die angehende Autorin und ihre Schwester Jenny an einer Italienreise Werner von Haxthausens teilnehmen sollten, die auch über Eppishausen führte. Die politischen Umstände (die Julirevolution 1830 in Paris) machten diesen Plan freilich zunichte. Es ließ sich jedoch arrangieren, daß Jenny – ohne Begleitung der Droste – der Reisegesellschaft im Herbst 1831 bis in die Schweiz entgegenreiste. Damals soll Laßberg seiner späteren Frau auf dem Gipfel des Rigi seine Liebe erklärt haben – eine romantisch anmutende Geschichte, die aber wohl einen Kern Wahrheit birgt.

Nach Jennys Rückkehr begann zwischen Rüschhaus und Eppishausen ein reger Brief- und Geschenkaustausch, an dem sich bald auch die Droste beteiligte. Laßberg lebte damals – seit dem Tode der Fürstin von Fürstenberg mit sich und der Welt unglücklich und tief enttäuscht über die politische Entwicklung in der Schweiz – in Eppishausen fast wie ein Einsiedler. Wiederholt schilderte er in Briefen an Freunde, wie wenig er sich noch vom Leben erhoffe. *Was mich betrifft, so lebe ich in meiner stillen Waldklause mein friedliches Bücherleben fort und sehe dem Treiben der Leute von meinem Hügel ruhig zu. Ich erfreue mich an der Achtung und Liebe weniger wackerer Männer und verlange nichts mehr vom Schicksale, das mir schon mehr gegeben hat, als ich verdiene* (Brief an Johann Caspar Zellweger vom 13. März 1832). Für ihn wurde die Verbindung mit Jenny von Droste-Hülshoff zu einem neuen Lebensanfang.

Die Bekanntschaft ihrer Schwester mit Laßberg war für die Droste in literarischer Hinsicht von Nutzen. Am 24. November 1832 konnte Jenny in einem Familienbrief berichten: *Nette ist wieder fleißig am St. Bernhard* <dem Epos *Das Hospiz auf dem großen St. Bernhard*> *zu schreiben. Laßberg hat ihr viel ausführliche Notizen geschickt, so daß sie jetzt wohl fertig werden kann.* Gemeint ist ein auf Anfrage der Droste entstandenes, dreißigseitiges Heft Laßbergs mit detaillierten Angaben zum Handlungsort des *Hospiz* und zur Natur der Alpenwelt. Die Droste bedankte sich zu Weihnachten mit einem selbstgemalten Bild.

Die persönliche Bekanntschaft zwischen beiden fiel in den September 1834. Laßberg kam damals – immerhin schon 64jährig – nach Westfalen, um die Einwilligung zur Heirat mit Jenny Droste zu erbitten. Die Hochzeit fand am 18. Oktober 1834 in Hülshoff statt. Am Zustandekommen der Ehe scheint die Droste nicht ganz unbeteiligt gewesen zu sein. Einem

Josef von Laßberg (1770-1855),
Schwager der Annette von Droste-Hülshoff

etwas anekdotischen Bericht Johann-Adam Pupikofers zufolge habe Laßberg einen Brief *von einer Fräulein Droste* <Annette von Droste-Hülshoff> erhalten, in dem diese sich erkundigt habe, weshalb er sein Versprechen, nach Westfalen zu kommen, nicht einhalte. *Er reiste hin, wurde Bräutigam.*

Anläßlich des erwähnten Besuches in Hülshoff versprach Laßberg der Droste, sich um einen Verleger für das genannte Epos zu bemühen, ein Vorhaben, das jedoch aus ungeklärten Gründen scheiterte.

Schon bald nach Jennys Wegzug nach Eppishausen wurden Pläne zu einem Wiedersehen geschmiedet. Die Droste schreibt ihrer Schwester am 23. Oktober 1834: *Uns hier ist es noch was einsam, das kannst Du denken, aber das viele Reden und Schreiben drüber nützt zu Nichts – ich sehe, gottlob, daß Mama ganz fest entschlossen ist, im nächsten Frühling nach Eppishausen zu gehn, d.h. zum Besuch – so werden die paar Monate ja wohl herum gehn – ich muß mir vorstellen, du wärst auf so lange bey Malchen oder in Bökendorf, sonst warst Du den Sommer über fort, jetzt den Winter.*

Die Droste knüpfte an den Besuch jedoch eher bange Erwartungen. Am 27. März 1835 erläutert sie Christoph Bernhard Schlüter, ihrem literarischen Mentor, der später ihre erste Gedichtausgabe betreuen sollte: *meine gute Schwester schreibt oft, und sehr zufrieden, – ihr Mann trägt sie auf den Händen, und überhäuft sie mit solchen Geschenken die ihr Freude machen, z.b. mittelalterlichen Seltenheiten, und Treibhauspflanzen, die Gegend ist unvergleichlich, die Nachbarn zuvorkommend, dabey hat sie Schwäne, die aus der Hand fressen, Pfauen, die weiß, und Vögel, die gar zu zahm und lieb sind, und dennoch, – o Himmel, wie jammert sie nach Uns! ich habe wohl gedacht, daß es nachkommen würde, warum ist sie mit dem fremden Patron fortgegangen! – Nun müssen wir nur aufpacken, und durch gute und böse Wege* *hinrumpeln, damit die armen Seelen Ruh bekommen, d.h. die Ihrige, und die Unsrigen dazu, – <...> meine Schwester säh ich gewiß gern, aber jedenfalls reisen wir jetzt nicht vor dem Ende July, bleiben dann den Winter über aus, im Frühlinge, wo die Schweiz am Schönsten ist, wird man Uns auch nicht ziehen lassen, – kurz, ein Jahr wird hingehn, eh wir wieder münsterischen Boden fühlen – ach! ein Jahr ist eine lange Zeit! ich bin nie ein Jahr abwesend gewesen; ohne merkliche Lücken zu finden wenn ich wiederkam! – <...>.* Wenig später, am 4. Juni, wiederum in einem Brief an Schlüter, bemerkt sie, schon vorab von Heimwehgefühlen geplagt: *die Zeit verrinnt, jeden Abend wundere ich mich, daß wieder ein Tag dahin, und die Stunde meiner Abreise mir um einen großen Schritt näher getreten ist, und ich zittre vor dem Augenblick wo der Schlagbaum niederfällt zwischen mir und so Manchem was mir theuer ist, für eine Zeit über die ich nicht hinaus zu rechnen wage – <...>.*

*

Am 15. Juli 1835 aber war es soweit, in Begleitung ihrer Mutter trat die Droste die Reise an. Nach längerem Aufenthalt bei Verwandten in Bonn traf die kleine Reisegesellschaft, der sich noch ein Onkel der Droste, Carl von Haxthausen, hinzugesellte, am 11. August in Eppishausen ein.

Obwohl die Droste im November 1835 von Eppishausen aus an Schlüter einen ihrer schönsten Briefe schrieb und in diesem Brief die Schönheit der Gegend und der Schweizer Alpenwelt über die Maßen preist, war der Besuch für sie eine einzige Enttäuschung. Verantwortlich hierfür war zum einen die Lage des Schlosses – im langen Winter war man hier fast ganz von der Außenwelt abgeschlossen –, mehr aber noch der Mangel an geistiger Abwechslung: Unter Laßbergs gelehrten Freunden konnte die Autorin keine interessanten Freunde finden. Im erwähnten Brief an Schlüter heißt es: *außer den T h u r n s c h e n Damen betritt kein Frauenzimmer dies Haus, nur M ä n n e r von E i n e m Schlage, Alterthümler, die in meines Schwagers muffigen Manuskripten wühlen möchten, sehr gelehrte, sehr geachtete, ja sehr berühmte Leute in ihrem Fach – aber langweilig wie der bittre Tod, – schimmlich, rostig, prosaisch wie eine Pferde-Bürste, – verhärtete Verächter aller neueren Kunst und Litteratur, – mir ist zuweilen als wandle ich zwischen trocknen Bohnen-Hülsen und höre Nichts als das dürre Rappeln und Knistern um mich her, und solche Patrone können nicht enden, v i e r Stunden muß man mit ihnen zu Tisch sitzen, und unaufhörlich wird das leere Stroh gedroschen! – nein, Schlüter, ich bin gewiß nicht unbillig, und verachte keine Wissenschaft, weil sie mir fremd ist, aber dieses Feld ist zu beschränkt und abgegrast, das Distel-Fressen kann nicht ausbleiben, was, zum Henker, ist daran gelegen, ob vor drey hundert Jahren, der unbedeutende Prior eines Klosters was nie in der Geschichte vorkommt, Ottwin oder Godwin geheißen, und doch sehe ich, daß dergleichen Dinge viel graue Haare und bittre Herzen machen.* Wie sehr die Droste des Umgangs mit anderen bedurfte – und gerade hierauf hatte sie in Eppishausen gehofft, von wo aus ursprünglich noch weitere Reisen, unter anderem nach Italien, angetreten werden sollten –, wissen wir aus einem Zeugnis von Schlüter, der bescheinigte: *Das Fräulein selbst, als vornehmlich in der Phantasie lebend, hatte das Bedürfnis mannigfacher und wechselnder Anregung durch neue Individualitäten.*

So stellten sich in Eppishausen Unzufriedenheit und Heimweh ein. Wiederum an Schlüter schreibt die Dichterin: *Der Menschenschlag gefällt mir hier, im Ganzen, gar nicht; indessen gestehe ich kein freyes Urtheil zu haben, denn mich verlangt nach Haus, – Ein liebes befreundetes Menschen-Antlitz ist doch werther als tausend Gebirge, und wäre aller Schnee drauf Silber-Staub, und jede Eisscholle ein Zentner schwerer Kristall – ich werde nicht ärgerlich seyn, die braunen münsterischen Heyden wiederzusehn, und noch weniger die gute Stadt Münster, und noch weniger, den Schlüter* (Brief vom 19. November 1835).

Auch in literarischer Hinsicht war der Aufenthalt in Eppishausen wenig ergiebig. Nur einige wenige Gedichte brachte die Droste von dem etwa vierzehneinhalbmonatigen Aufenthalt mit nach Hause, darunter *Am Weiher*, *Der Säntis* und den Gedichtzyklus *Des alten Pfarrers Woche*.

Die erste Seite des sogenannten „Eppishausenbriefes“

„Verschiedene Humore" Die Droste und ihr Schwager Josef von Laßberg

Es deutete sich schon im Urteil der Droste über die „gelehrten Gesellschaften" in Laßbergs Hause an: Gedanklich lebten Laßberg und sie in verschiedenen Welten. Dies läßt sich auch an einem noch fast unbekannten Zeugnis festmachen, einem Schreiben Laßbergs an die Dichterin vom Januar 1837. Der Brief steht ganz für die eigenwillige, der mittelalterlichen Welt verhafteten Art Laßbergs ein. Die Droste charakterisierte ihn einmal mit den Worten: *mein Schwager lebt in Nichts Anderm, und erst jetzt wird mir die seltsame Ortographie seiner Briefe klar, Er hat sich, in der That, im schriftlichen Style unsrer heutigen Redeformen theilweise entwöhnt, – ich glaube, unwillkührlich, – und man trifft überall auf Spuren des N i b e l u n g e n - L i e d e s, des L o h e n g r i n, des E g g e n - L i e d e s et cet* (Brief an Schlüter vom 19. November 1835).

Im folgenden Brief imitiert Laßberg den Ton von Gottwert Müllers (1743-1828) Roman-Satire „Siegfried von Lindenberg", einem Lieblingsbuch der Droste. Es handelt sich um das überhaupt einzige überlieferte Schreiben Laßbergs an die Droste. Ihm steht nur ein überlieferter Gegenbrief (vom 18. März 1837) gegenüber. Zwei weitere Briefe der Droste lassen sich erschließen. Die Korrespondenz zwischen beiden war demnach alles andere als umfangreich. Hauptsächlich verlief der Briefverkehr zwischen Eppishausen (später Meersburg) und Westfalen über Jenny von Laßberg und ihre Mutter. Die Dichterin beteiligte sich daran mehr nach „Lust und Laune", will sagen: gemäß ihrer *gewöhnlichen Schreibfaulheit* nicht gerade häufig.

Eppishausen bei Constanz
am 5. Januar 1837

Hochwolgefrorene, unschaezbar anzutreffende Fraeulein von Nette!

Aus den augen, aus dem sinne! geruheten die gnädige Mamma einsmals bei tische in beziehung auf Eine, dero Fraeulein töchtern zu sagen. Honny soit qui mal y pense! aber wir armen bewoner der waldklause befinden uns dennoch in einigmäßiger verlegenheit, indem wir seit ende octobers nicht wissen, was wir mit einer gewissen Kiste voll mineralien, einem indessen, wie wir fürchten, wenn nicht ganz, doch halbversteinerten fräulein angehörig, anfangen sollen. – ich neme daher von dem inliegenden billet doux, welches wiederum von 6 stük versteinerungen begleitet war, den anlaß, mich de- und we-mütig zu erkundigen: was mit fraglichen lapidar schäzen (inclusive der inzwischen hinzugekommenen Straßburger cimelien) anzufangen? und ob solche nach Münster; oder nach Bonn zu spediren seien?

Die Eppishauser Schloßzeitung, eine beflissene nachamerin der weiland hochberümten Lindenbergischen Novitaeten Stafette, giebt am Schlusse des iares nachfolgende vermischte Nachrichten: Seine Exzellenz der herr geheime Rat, k.k. Kämmerer, des hohen Malteser ordens und mancher zur zeit noch unbekannter orden Ritter, auch unzälbarer meist ungelerter gesellschaften unordentliches mitglied – husten. Die gnädige frau gemalin haben etwas entzündete augen, mit schnupfen begleitet, befinden sich aber ansonst beiderseits ganz wol. Die zwei Infantinen, wachsen und gedeihen, zur allgemeinen freude der gesammten untertanen, so wol in die länge als in die runde. Prinzessin Roetel haben an circumferenz beinahe die Infantin Schwester erreicht und geben begründete hoffnung, daß hochdieselbe, binnen kurzem auf dem Eppishausischen hoftheater mit vielem beifalle als Hanswurst auftreten werden. So wie andererseits Prinzessin Cyanez versprechen auf besagter hofschaubüne, die Frere- und mantel-rollen zur zufriedenheit des hiesigen Publikums auszufüllen. Beide Infantinnen haben vor kurzem die hohen herrschaften durch vorweisung mererer zäne erfreut, wobei die zuvorkommende Infantin Blauchen mit einem schönen alten taler beschenkt wurde.

An dem von allen Thurgauern gefeierten St. Bertholdstage (2 Januar) welche die nachbaren von Bischofszelle mit feiern halfen. tat sich die freiherrliche küche durch aufstellung eines fetten wälschen hanen (animal propter convivia natum) eines Rehebraten, einer kalten pastete, und eines (quo ad formam) verunglückten Blanc manger zum unsterblichen rume meiner ehelichen wirtin aufs herrlichste hervor. Durch unerwartete ankunft des dicken Bocholz und des schmalen Brenken wurden wir ser angenehm überrascht; sie kamen aus dem Zeughause von Solothurn, zwar nicht gepanzert, aber doch mit mereren alten waffenstüken ausgerüstet, blieben aber nur eine woche bei uns, um dann irem landsmanne Gaugreven in Constanz noch einige tage zu schenken.

Seit zwei monaten sage ich Jenny alle dienstage und samstage: heute bekömmst Du einen brief von Mama! allein zu unserer großen betrübniß ist der frohe tag, der meines lieben weibs besorgniße zerstreuen soll, noch nicht gekommen: wir wagen es nicht zu hoffen, daß Fräulein von Nette so großmütig sein werde, wenn sie etwas neures und erfreuliches weiß, uns durch einige zeilen zu beruhigen; allein, es wäre doch ein wares werk der barmherzigkeit, und eine voraussammlung guter werke, durch welche man, in der herannahenden heiligen fastenzeit den himmel verziren soll.

Wir unterhalten uns bei tische alle tage mit dem proiekte: wo wir nach anderthalb iaren unsern aufenthalt nemen sollen und wollen? schon sind uns merere reizende landsize angeboten; heute bauen wir an diesem plane und morgen an einem andern, und so kömmt allmälig der früling heran, wo wir anfangen können mit den Schwalben auszufliegen, um uns ein nest aufzufinden: kein großes gut; aber ein großes und schönes haus mit einem schönen garten zu kauffen liegt in unserer absicht.

Vorige woche (ich schreibe nämlich iezt am 22 Januar) hat Dr. Liebenau die Mineralien kiste durch Spedizion der gebrüder Beer zu Friedrichshafen am Bodensee nach Rüschhaus abgesendet; aber diese kleinen versteinerungen, durch H<errn> Eckel gesandt, konnten uns nicht bewegen, die Kiste nochmals aufzuschlagen; sie liegen also hier auf Disposition von Euer Gnaden. Vetter Max der biedre, hat auf Neuiar auch aus Baiern geschrieben, er empfielt sich seiner hohen Gönnerin Nette erfurchtsvoll und angelegenst, und erkundigt sich dabei nach dem befinden des hübschen Kindes in Bonn. Dem eben so unerwarteten als von uns herzlich bedauerten tod des guten Alexander Severus werden die Hochwolgefrorene, wol schon durch die freundin Louise erfaren haben; ich wende also meine Lindenbergische Novitaetenstafette schließlich bittend von Jenny und mir alle verwandte in Bonn aufs herzlichste zu grüßen und, da wir abermal die hoffnung aufgeben müssen bruder Werner wegen vermertem haußsegen, diesen Sommer zu sehen; so bitte ich dem guten onkel Moriz zu sagen, daß er dies mal es nicht wol ausweichen könne, die Mamma hieher zu begleiten und die zwei kleinen Holbeine, seinem versprechen gemäß, selbst abzuholen. alles im hause, von der regierenden Frau, biß auf die blaue Kaze und den schwarzen Nero herab grüßen die Pythagoreische Schwester, Schwägerin und Tante und damit gottbefolen euer

Hochdero treu devotester,
ein wenig hustender Jos. v. Laszberg

Zu Einzelheiten des Briefes: Laßbergs Frage hinsichtlich der Mineraliensendung erklärt sich daraus, daß die Droste eine begeisterte Mineraliensammlerin war. Die in diesem Zusammenhang von Laßberg genannte Sendung aus Straßburg stammt von dem im Brief genannten Straßburger Antiquar Sebastian Emanuel Eckel, von dem ein Brief an die Droste überliefert ist. Er stand auch mit Laßberg im Austausch. Mit den bei der Aufzählung von Familiennachrichten genannten „Infantinnen" sind Hildegard und Hildegunde von Laßberg gemeint, die Zwillinge Laßbergs, die die Kosenamen „Röthel" und „Bläule" trugen. Laßbergs Hinweis auf Prinzessin Cyanez („Röthel") erwiderte die Droste in ihrer Antwort vom 18. März 1837 mit dem Hinweis auf den *kleinen doppelten bicolor fl*<os>.*ros et cyan.*– Bei den genannten Bocholtz, Brenken und Gaugreben handelt es sich um die westfälischen Freiherren Dietrich von Bocholtz-Asseburg (1770-1849), Reinhard von Brenken (1818-1870) und Carl von Gaugreben (1803-1881), mit denen die Droste gut bekannt war und die verschiedentlich in ihren Briefen vorkommen. – Mit Dr. Liebenau ist Hermann Liebenau (1807-1874) gemeint, Sohn Laßbergs aus seiner Verbindung mit der Fürstin von Fürstenberg. Er wurde von Pflegeeltern in Reiden und später Luzern erzogen. 1836 promovierte er nach Studien an deutschen und österreichischen Universitäten zum Dr. med. und wurde 1837 Arzt in Luzern, wo er auch zeitweilig eine Kunst- und Antiquitätenhandlung betrieb. – Mit dem von Laßberg betrauerten Tod des Alexander Severus ist der Tod von Johann Baptist von Streng gemeint; die Droste stand vor allem dessen Tochter Luise von Streng (1800-1857) nahe, die Laßberg ebenfalls erwähnt. – Moritz von Haxthausen nennt Laßberg deshalb besonders, weil die Droste auf der Rückreise von Eppishausen mehrere Monate im Haus dieses Onkels in Bonn Station machte, wo sie den Brief erhielt. – Standort des Briefes ist das Germanische Nationalmuseum in Nürnberg.

Für die Mitteilung des Fundes dankt der Verfasser dem Laßberg-Forscher Martin Harris.

*

Das persönliche Verhältnis zwischen der Droste und Laßberg gestaltete sich – zumindest anfangs – nicht ganz einfach. Sie zweifelte zwar nicht an Laßbergs wohlmeinender Art, stieß sich aber an so manchen Eigenheiten und häuslichen Wunderlichkeiten des Eigenbrödlers, besonders an seiner Umständlichkeit, die (nicht nur) ihr oft nach Pedanterie aussah. Für Laßberg wiederum war die Droste, wie er am 6. Dezember 1838 seinem Freund Leonhard Hug schrieb, ein *entsetzlich gelehrtes Frauenzimmer*. Demselben Bekannten gegenüber bemerkte er drei Jahre später: *Seit dem 30. September sind wir wieder alle beisammen, und meine Frau hat ihre Schwester Nette, ein sehr lebhaftes Frauenzimmer von 40 Jahren, mitgebracht, welche, da sie keinen Mann gefunden, sich dem Apollo und den Musen in die Arme geworfen hat, schon ein Bändchen Gedichte drucken ließ und mit einer brillanten Singstimme wirklich gründliche musikalische Talente und Fertigkeit verbindet* (Brief vom 26. November 1841).

Auch im Bereich der Literatur war kaum eine Annäherung möglich. Laßbergs Urteil über die erste Gedichtausgabe der Droste – 1838 im Münsterischen Aschendorff-Verlag erschienen – im Brief an seinen Freund Franz Pfeiffer vom 24. Juni 1841 fiel wenig günstig aus. Die Droste hatte es nicht anders erwartet. Vorsorglich hatte sie schon vor Erscheinen der Ausgabe einer Verwandten geschrieben, daß Laßberg ein Belegexemplar wohl nur *als Höflichkeitsbeweis <...> erwarte <...>, während es* ihm, *im Grunde, nicht den Brief werth wäre, den* er *darauf schreiben müste*.

Die Droste ihrerseits hatte wenig Sinn für Laßbergs glühende Begeisterung für die Literatur des deutschen Mittelalters. Mit ironischem Unterton schildert sie später einmal ihrer Mutter (Brief vom 26.1.1842), wie Laßbergs Literaturliebhabereien den ganzen Tagesablauf bestimmten; man habe sich dem regelrechten Kult, den er mit seinen Manuskripten betrieb, kaum entziehen können.

Mehrfach versuchte Laßberg, die Droste für eigene Projekte zu gewinnen, etwa für eine hochdeutsche Übertragung seines „Liedersaals" oder des Gedichts „Kaiser Otto mit dem Barte". Der „moderne" Schücking schrieb der Droste diesbezüglich am 11. Januar 1844: *Den Liedersaal übersetzen? Das kann nicht Ihr Ernst sein! Ich bitte Sie!!!.*

Ganz konnte sich die Droste solchen Verpflichtungen jedoch nicht entziehen. Mäßiges Ergebnis ihrer literarischen Zusammenarbeit mit Laßberg waren 66 Verse einer Übertragung von Konrad von Würzburgs Versnovelle „Heinrich von Kempten". Von ihrem ursprünglichen Plan, die Verlagsgespräche für ihre zweite, 1844 im Cotta-Verlag erschienene Gedichtausgabe durch Laßberg führen zu lassen, nahm die Autorin ebenfalls bald Abstand. Der einzige Punkt, in dem sich die literarischen Interessen beider trafen, bestand in der gemeinsamen Vorliebe für altdeutsches Liedgut.

Während des letzten Aufenthalts der Droste auf der Meersburg erfuhr das persönliche Verhältnis eine merkliche Besserung. Am 14. Oktober 1846 schrieb die Autorin an Pauline von Droste-Hülshoff: *Ich habe ihn* <Laßberg> *bis jetzt nur in glänzender Laune gesehn, und hoffe es sey etwas Haltbares daran, denn da er überhaubt mit zunehmendem Alter sehr an Umgänglichkeit zunimmt, so kann er in den zwey Jahren meiner Abwesenheit hübsche Progressen gemacht haben.* Während ihres Krankenlagers 1846/47 kam Laßberg, obwohl selbst sehr hinfällig, aber *überaus gütig gegen* sie, jeden Nachmittag eine Stunde in das private Zimmer der Droste, ihre „Spiegelei“. Den Tod der Dichterin soll er stundenlang beweint haben.

*

Wenn sich die Droste und ihr Schwager eine Zeitlang nicht gut verstanden, so lag das auch daran, daß die Droste oft sehr direkt und eigenwillig war. Sie wußte sehr wohl, wie sehr sie ihrer Umwelt – an Geist, Witz und Humor – überlegen war. Ihre Briefe sind oft mit einer gehörigen Portion Zynismus und Sarkasmus gespickt, der Freund und Feind gleichermaßen treffen konnte. Die *Witzesfunken* der Dichterin waren deshalb nicht nur beliebt, sondern auch gefürchtet. Von ihrer Schwester wurde die Droste am 30. Januar 1835 vorsorglich beruhigt: *Laßberg ließ mir keine Ruhe, ich mußte ihm einen großen Theil Deines Briefes vorlesen, es ist seine größte Freude wenn ich einen Brief bekomme, und Du brauchst deshalb Deiner Witzesfunken wegen keine Sorge zu haben, er denkt in mancher Hinsicht mit Dir gleich; wir haben über manches herzlich lachen müssen,* <...>. Und Laßbergs Humor? Am 10. September 1842 schrieb er seiner Frau: *Warum sollt ich mich denn nicht auf Nette freuen? Wenn unsere beiderseitigen Humore auch viel voneinander abweichen, so werden wir doch ganz friedlich und freundlich neben einander leben können. Wenn ich nur daran denke, was es Dir für Freude machen wird, sie täglich um Dich zu haben so bin ich versichert, daß wir uns ganz gut zusammen vertragen werden.*

Das alte Meersburger Schloß

Im Jahre 1836 entschloß sich Laßberg, Schloß Eppishausen den Rücken zu kehren und sich nach einem neuen Wohnsitz umzusehen. In einem Brief an seinen Freund Zellweger vom 16. November 1836 führt er einige seiner Beweggründe an: *Die Ursache ist ganz einfach diese: mein ältester Son, ein alter Kriegsknecht, will nicht heuraten, mein zweiter Son hat keine Kinder zu erhoffen; meine erst 8 Monat alten Zwillinge werden, wenn sie zu ihren Jaren gelangen sollten, in diesem Lande wol schwerlich Männer finden; es ist also besser, dass mein hiesiges Besitztum vor, als nach meinem Tode verkauft werde; insoweit nämlich als sich eine gute Gelegenheit findet.*

Blick von Nordwesten

Ausschlaggebend waren jedoch noch andere Motive, die Laßberg schon in Briefen seit Mitte der 1820er Jahre dargelegt hatte. Es waren vor allem die politischen Zustände in der Schweiz, die ihm das Leben in Eppishausen schwer machten: *Seitdem im Gefolge der Julirevolution die „Regeneration“ wie in den meisten Kantonen der Schweiz so auch im Thurgau die Aristokratie aus der politischen Führung verdrängt und eine repräsentativ-demokratische Verfassung eingeführt hatte, fühlte sich der trotz Josefinismus und Wessenbergianismus im Grunde seines Herzens doch katholisch-konservative Laßberg nicht mehr wohl auf seinem thurgauischen Landsitz,* <...> (Adolf Kastner).

Hierzu einige Auszüge aus Laßbergs Briefen: *Ich bin nun auch in dem politischen Punkte mit Ihnen ganz einverstanden, daß bei so gestalteten Umständen und Umtrieben ein Einsiedler nichts Besseres tun kann, als sich zu seinen Büchern zu halten, deren ich seit Ihrem letzten Hiersein keine kleine Zahl verzehret habe, wie ein alter Walfisch, dessen Schlund nie voll wird. Ich beklage dieses Volk,* <...> (Brief an Johann Adam Pupikofer vom 20. November 1830). *Wenn wir nur von außen ruhig bleiben, so läßt sich schon noch eine Weile mit den alten Handschriften handtieren* <...>. *Die moralische Cholera macht schnellere Fortschritte als die asiatische;* <...> (Brief an Ludwig Uhland vom 2. Februar 1831). *Welche Welt! was für Begebenheiten! welche Menschen! O philosophisches Jahrhundert! wohin hast du dich geflüchtet? wie hat in Zeit eines halben Jahres alles, ja alles sich umgestaltet! Und wird etwas Großes, Gutes, Glückliches aus dieser Umwälzung hervorgehen? Ich fürchte, nein* (Brief an Johann Caspar Zellweger vom 26. Februar 1831).

Solche Bedingungen trübten sogar Laßbergs Lust an der literarischen Betätigung: *ich habe keine Lust mehr zum Arbeiten. Der Haß, der allgemeine Haß, der alle Menschen ergriffen hat und immer giftiger zu werden drohet, hat mich so tief betrübt!* (Brief an Uhland vom 28. April 1834). Unter diesen Voraussetzungen fiel ihm der Abschied von der Schweiz nicht schwer: *Mir wird es täglich leichter, die Schweiz zu verlassen! abermals ist ein Stadium des Wahnsinns über die größeren Kantone ausgebrochen. Bern, Luzern, Zürich, Glarus, St. Gallen rasen schon wieder in offenbarem Unsinn!!! <...> Das vorige Jahrhundert nannte man das philosophische, das jetzige nennen wir das aufgeklärte! Gott strafe mich! Man könnte es mit mehr Recht das närrische, das wahnsinnige nennen. Nie, nie war mehr und schädlichere Torheit bei den Menschen als jetzt* (Brief an Karl Greith vom 18. Mai 1838). Und im Rückblick: *In Eppishausen war es schön, aber hier* <in Meersburg> *gefällt's mir's doch besser* (Brief an Hermann Liebenau vom 4. April 1841).

Das alte Schloß

Auf der Burg haus' ich am Berge
Unter mir der blaue See,
Höre nächtlich Koboldzwerge,
Täglich Adler aus der Höh',
Und die grauen Ahnenbilder
Sind mir Stubenkameraden,
Wappentruh' und Eisenschilder
Sopha mir und Kleiderladen.

Schreit' ich über die Terrasse
Wie ein Geist am Runenstein,
Sehe unter mir die blasse
Alte Stadt im Mondenschein,
Und am Walle pfeift es weidlich,
- Sind es Käuze oder Knaben? -
Ist mir selber oft nicht deutlich,
Ob ich lebend, ob begraben.

Mir genüber gähnt die Halle,
Grauen Thores, hohl und lang,
Drin mit wunderlichem Schalle
Langsam dröhnt ein schwerer Gang;
Mir zur Seite Riegelzüge,
Ha, ich öffne, laß die Lampe
Scheinen auf der Wendelstiege
Lose modergrüne Rampe,

Die mich lockt wie ein Verhängniß,
Zu dem unbekannten Grund;
Ob ein Brunnen? ob Gefängnis?
Keinem Lebenden ist's kund;
Denn zerfallen sind die Stufen,
Und der Steinwurf hat nicht Bahn,
Doch als ich hinab gerufen,
Donnert's fort wie ein Orkan.

Ja, wird mir nicht baldigst fade
Dieses Schlosses Romantik,
In den Trümmern, ohne Gnade,
Brech' ich Glieder und Genick;
Denn, wie trotzig sich die Düne
Mag am flachen Strande heben,
Fühl' ich stark mich wie ein Hüne,
Von Zerfallendem umgeben.

(*Annette von Droste-Hülshoff*, 1841/42)

Bei Laßbergs Erwägungen über einen neuen Wohnsitz war das Alte Schloß Meersburg gleich ein Kaufobjekt der engeren Wahl. Nach der Fertigstellung des Neuen Schlosses, Mitte des 18. Jahrhunderts, hatte das Alte Schloß als Residenz ausgedient und wurde lediglich noch als Regierungs- und Verwaltungsgebäude genutzt.

Eine frühe briefliche Nachricht über Laßbergs Kaufabsichten finden wir in einem Brief des Freiherrn von Gaugreben an den Freiherrn von Brenken vom Juni 1837: *Daß der Verkauf von Eppishausen nun wirklich abgeschlossen ist, jedoch nur mündlich, wirst Du vielleicht wissen. Laszberg ist bereits im Begriff, sich einen neuen Sitz zu kaufen, und hat wirklich schon mehrere Güter und Burgen besehen; so z.B. Herblingen (eine alte Burg bei Schafhausen), Hersberg (auf der andern Seite des Bodensees, südöstlich von Mörsburg, das alte Schloß in Mörsburg selbst, Hohenems und Hinterems (2 Burgen oberhalb Bregenz) etc. Entschieden hat er sich noch für nichts, wohl aber schwankt sein Plan zwischen Herblingen und Mörsburg.* Im besagten Monat hatte Laßberg ein Kaufgesuch von 10.000 Gulden auf das mit 12.000 Gulden veranschlagte Schloß Meersburg abgegeben.

Seeseite der Burg, in der Bildmitte der Droste-Turm

Drei Monate später war die Sache noch nicht wesentlich weiter. Jenny von Laßberg schrieb damals an die Droste: *sollten wir nach Meersburg kommen, so sind da so viele schöne Zimmer daß ich dergleichen gut brauchen kann; ich war vor vier Tagen wieder dort mit Laßberg, und das Schloß hat uns noch besser gefallen als das erstemal wo wir es sahen, die Lage ist wunderschön, nur ist es eigentlich zu groß; ob wir es bekommen hängt von dem Preise ab den die Regierung verlangt, und wir erwarten täglich die Antwort auf unsere Anfrage, Laßberg ist mehr geneigt für Meersburg als für Herblingen;* <...> (Brief vom 27.9.1837).

Diese Favoritenstellung für Meersburg veranlaßte Laßberg, am 12. November 1837 erneut auf das Alte Schloß zu bieten. Weitere Nachricht erhalten wir aus einem Brief der Dichterin: *Wo Laßberg sein* <Lücke im Text> *Lager aufschlagen wird, war, nach den letzten Briefen, noch ganz ungewiß, er hat auf Meersburg geboten, aber noch keine Antwort, ich glaube Jenny* <wäre> *es lieber wenn sie das Gut bey Schaffhausen bekämen, was doch ordentlich auf dem Lande liegt* <und> *nicht so wüst groß ist, als das Meersburger Schloß mit seinen vier Thürmen, wo sie sich mit ihren vier Domestiquen ganz in verlieren, und obendrein mitten in einem Landstädtchen wohnen, wo die sämmtliche Bevölkerung ihnen von unten auf in die Fenster sieht, da es etwas höher liegt, – mich würde das ganz unglücklich machen, alle Gene einer Stadt ohne ihre Vortheile, außer daß sie die Kirche so nah haben, Jenny rechnet auch noch die Schule für Etwas (es ist nämlich eine Pension da), aber der Laßberg müste ja steinalt werden, wenn er noch erleben wollte, daß die kleinen Stümpchen in Pension kämen,* <...> (Brief der Droste an ihre Tante Sophie von Haxthausen). Am selben Tag, am 30. Dezember 1837, gab die Mutter der Droste in Eppishausen einen Brief an ihre Tochter auf die Schnellpost, in dem es heißt: *Laßberg ist mit seinem Handel noch nicht in Richtigkeiten, hofft aber in 8 Tagen bestimmt zu erfahren ob er Mersburg bekömt, so bald er es weis schreibt Eine von uns, vermuthlich ich an Line, <...>.*

Bis der Handel zustande kam, vergingen noch sechs weitere Wochen. Dann aber stimmte Laßberg in seinem Brief an Uhland förmliche Jubeltöne an:

In der Freude meines alten, aber noch immer grünen Herzens kann ich nicht umhin, Ihnen zu sagen, daß ich vorige Woche die Nachricht erhielt, wie daß mir die alte bischöfliche Burg zu Meersburg für den von mir gebotenen Preis von der Domainenkammer zu Carlsruhe zugeschlagen worden ist. Eine schöne große Burg, wohlerhalten (da vor einem Jare noch das Hofgericht sammt dem Hofrichter darinne saß), hell, warm und in einer Lage, die eine der schönsten Aussichten am Bodensee gewährt. Sagen Sie dies auch Schwab und Abel, und daß man in einem Sommertage, von Stuttgart oder Tübingen, wenn man ein wenig frühe aufstehet, mit der Post bequem nach Meersburg kommen kann. Wie viele geschichtliche Erinnerungen knüpfen sich an diese Besitzung! König Dagobert von Austrasien baute sie, Carl Martell erneuerte die Burg, die Welfen, die Hohenstaufen besaßen sie. Wahrscheinlich trat sie Conradin seinem Vormunde, dem biederen Bischofe Eberhard von Waldburg ab. Bischof Nicolaus aus dem Minnesänger-Geschlechte von Kinnzingen hielt 1334 eine vierzehnwöchentliche Belagerung gegen Kaiser Ludwig dem Bayer darinne aus und nötigte diesen mit Schimpf abzuziehen. Die Gegend sowie die ganze Nachbarschaft ist fruchtbar, freundlich und wohl angebaut: der Wein, welcher seit einigen Jahren da aus Traminer Trauben gezogen wird, gehört gewiß unter die vorzüglichsten Weine Schwabens, und ich hoffe, wir sollen in einem der runden Gemächer der guten alten Burg, welche die Aussicht auf die blauen Fluten des Potamus geben, mer als einmal die Erfarung hievon machen!.

Drei Monate später hatte sich der Kauf bereits weit herumgesprochen. Jacob Grimm schrieb am 14. April an Werner von Haxthausen: *Der gute Lassberg hat uns in die achtzig geräumigen Zimmer seiner Meersburg eingeladen, das wäre in vielem Betracht erwünscht gewesen, läge kein so weiter Weg dazwischen.*

Ostseite

Nach dem Kauf mußte Laßberg feststellen, daß er *wol zweimal so viel wonung gekauft* hatte, als zunächst gedacht, enthielt die alte Burg doch *wenigstens 35, meist große heizbare Zimmer, und noch wol ebensoviel oder noch mer andere Gemächer, 5 Gewölbe Keller, 2 laufende Bronnen mit trefflichem Quellwasser. Eine menge unterirdische gewölbe. Eine zisterne mitten im hause. Burgverließ. Kapelle. Badezimmer. Unterirdischer Gang bis an den Bodensee. Eisgrube. Und was mich über alles freut einen 53 fuß langen und 23 fuß breiten gewölbten, hellen saal, der ehemals zum Archiv diente und in dem ich alle meine bücher, handschriften etc. aufstellen kann, mit einem anstoßenden runden gemache, das ich als studien und schreib benutzen, und von dem ich, durch eine glastüre auf die bücherkasten sehen kann <...>.*

Bald nach Abschluß des Kaufes ging es ans Einpacken. Gegenüber Hermann Liebenau klagte Laßberg: *Man weiß nicht wieviel zeugs man in einem hause hat, bis man auszieht. Wir haben gestern* <9. August 1838> *die 113. kiste geschlossen; aber wir sind noch lange nicht am ende. Ich glaube nicht, daß wir vor ende des laufenden monats in Meersburg sein werden.* Am 7. September war der persönliche Umzug erfolgt, aber noch Anfang 1839 weilte Laßberg von Zeit zu Zeit in Eppishausen – seine Schwiegermutter sollte mit ihrer Prophezeihung recht behalten, daß er wohl Ostern 1839 *immer noch* dort *sitze.*

*

In Meersburg wollte sich Laßberg im Alter fast nur noch seiner Familie und seinen wertvollen Sammlungen widmen. Er hatte sich, wenn auch literarisch wenig geschult, so doch als Sammler und Kenner literarischen Kulturgutes einen Namen erworben. Ludwig Uhland, Gustav Schwab, Justinus Kerner, Jacob Grimm, Hoffmann von Fallersleben und viele andere Dichter und Gelehrte – sie alle waren in Meersburg wie schon in Eppishausen gern gesehene Gäste und Studiosi. Auch hierzu ein kurzes Briefzeugnis. 1845 beherbergte das Alte Schloß nach Laßbergs Worten wieder einmal *alle Tage Gäste aus allen vier Ecken der Welt.* Und kurz darauf sagt er: *Seit einem Viertel iar war mein Haus keinen Tag von Gästen und Besuchern leer: diese guten und lieben Leute nemen alle meine Zeit in Beschlag und doch bestehet das Leben aus lauter Zeit!!!* (Brief an Franz Pfeiffer vom 6. August 1845). Laßbergs Bibliothek – eine wahre Fundgrube für jeden Forscher – wuchs in Meersburg auf über 11.000 Bände an.

„... soll der Aufenthalt in Meersburg um vieles angenehmer sein..."

Briefe vom Bodensee

Für die Droste schien der Umzug ihrer Schwester nach Meersburg – was ihre eigene Reiselust anging – wenig ins Gewicht zu fallen. Einem zweiten Besuch am Bodensee – die Droste spricht auch später noch von Meersburg als der *Schweiz* – wollte sie möglichst ausweichen – zu unliebsam waren die Erinnerungen, die der Aufenthalt in Eppishausen zurückgelassen hatte.

Nach dem Einzug der Laßbergs gingen bald neue Reiseplanungen hin und her. Fast flehentlich bat die heimwehkranke Jenny um Besuche der Hülshoffer. Am 24. November 1838 hoffte sie auf einen baldigen Besuch ihres Bruders Werner in Begleitung der Droste. Schon konkretere Formen angenommen hatte ein anderer Reiseplan, von dem Jenny Anfang Januar 1839 sprach: *zuerst will ich dir sagen liebe Mama: wie sehr ich mich auf den Besuch von Sophie, Nette und Werner freue, auch Laßberg geht es so <...>; daß wir schon dieses Jahr die Reise* <eine Reise der Laßbergs nach Westfalen> *machen können ist nicht gut möglich, da der Abbruch der kleineren Gebäude, und so manches andere unsere Gegenwart notwendig macht, indess glaube ich wenn wir gesund bleiben so wird unser guter Vater dann im Frühling 1840 mit uns sich auf den Weg machen <...>* (Brief an die Mutter vom 3. Januar 1839). Anfang Februar schrieb sie, nicht minder erwartungsfroh gestimmt: *Ich sehe dem Frühling mit Sehnsucht entgegen, ich freue mich auf vieles, <...> und vor allem die Hoffnung Werner, Nette und Tante Sophie hier zu sehen, sage dem guten Werner wie sehr wir uns darauf freuen, Laßberg würde es viel Freude machen, ihm die Um-*

gebung zu zeigen, die hier wirklich sehr schön ist <...>. Uebrigens bin ich sehr zufrieden mit dem Ankauf dieses Hauses, es bewohnt sich sehr angenehm, ist sehr trocken, hell und sonnig, und scheint sehr gesund zu liegen, denn weder die Kinder noch der Vater waren jemals so gesund als diesen Winter <...> in diesem Jahre ist für mich wohl an keine Reise zu denken, aber im Sommer 1840 hoffe ich euch alle wiederzusehen (Brief an Caroline von Droste-Hülshoff vom 8. Februar 1839).

Die Reise wurde jedoch ein ums andere Mal vertagt. Das führte dazu, daß die Droste die ersten „Augenzeugenberichte" über die neue Umgebung ihrer Schwester nicht von ihrer Mutter oder anderen Angehörigen erhielt, sondern von einer Bekannten, der Schriftstellerin Luise von Bornstedt. Mit einigen „Empfehlungsschreiben" der Droste ausgestattet, war diese im Juli 1839 zu einer Reise in die Schweiz aufgebrochen und hatte auf der Meersburg eine mehrtägige Zwischenstation eingelegt. Am 13. August gab sie von dort zu Bericht: *fern über Berg und Thäler befinde ich mich wunderbarer Weise umgeben von einer Art westphälischen Heimath <...>; zu allen Fenstern <...> sieht der majestätische See hinein, und zwar azur blau oder gold schillernd wenn er nicht in Regen und Nebel mit den Wolken vermischt einem dampfenden riesigen Wasserbecken gleicht, übrigens aber gefallen wir uns so außerordentlich hier das ich nur mit Wehmuth daran denken kann daß über wenigen Wochen 180 Stunden Weges zwischen dem mir schon so heimathlichen Aufenthalt von Meersburg nach Münster liegen werden.* In ihren „Briefen einer Dame vom Rheine und der Schweiz", die 1841 im „Damen-Almanach" der Mathilde von Tabouillot erschienen, hat Luise von Bornstedt den Aufenthalt im Alten Schloß leider ausgespart.

*

Schmackhaft gemacht wurde der Droste ihr erster Besuch am Bodensee aber nicht nur durch die blumigen Worte des Fräuleins von Bornstedt, sondern auch durch immer neue Briefe Jennys. Im Januar 1840 schrieb Jenny ihrer Mutter: *überhaupt zeigen sich die Meersburger gegen uns sehr freundschaftlich, und besonders trägt das Seminar sehr zu unserer Zufriedenheit bei, die Lehrer sind so wohlerzogene bescheidene junge Leute, die für alles Interesse haben, besonders für Musik, das wäre angenehm für Nette.* An die Dichterin selbst wandte sie sich am 28. April: *ich denke Du werdest Dich vielleicht entschließen im Herbst mit uns herzureisen, und Dich die gute Mama dann im Frühling wiederabholen, gewiß wird es Dir hier ungleich besser gefallen als in Eppishausen, auch findest Du im Sommer viel Unterhaltung, sowohl durch Musik, als in andrer Hinsicht.*

In einem anderen Familienbrief Jennys heißt es: *Wenn Nette nicht mitkommen wollte* <nach Meersburg> *so wäre uns das doch sehr leid. Ich bin gewiß, daß es ihr hier gefallen würde, denn alles ist hier ganz anders als in Eppishausen, vielleicht ists ein Hindernis, daß sie kein Geld hat, und in diesem Falle würde ich gern das Geld zur Reise geben, da sie es aber vielleicht nicht annehmen wird, so könntest du ja sagen, liebe Mama! daß du sie frei mitnehmen wolltest, und wir machten dann hier zusammen unter uns die Sache richtig. Weil diesmal dein Aufenthalt nicht so lange hier währen würde, denn wir müßten schon im May die Reise nach Westfalen antreten, so wäre das für Nette gerade recht, die doch nicht gern so lange vom Münsterlande entfernt ist. Laßberg ist ganz krank daran, daß Nette auch kommen soll, er hat ihr so viel neues zu zeigen, und sie soll uns wirklich die Freude machen.* Auch Laßberg ergriff das Wort. Am 29. September schrieb er seinem Schwager: *Gestern bekamen wir einen Brief von Karl aus Mainz, dem Mamma aus Rüschhaus geschrieben hat, daß sie am 25. dieses von hause abreise,* <...>. *Kein Wort, ob Nette mitkommt, ich fürchte daher beinahe, daß sie sich aus falscher Delicateße zurückhalten läßt, was mir beinahe eben so ser um iret- als um unsertwillen leid tun würde; denn ich glaube gewiß, daß es ir am hiesigen orte gefallen würde.*

Doch alle Überredungsversuche halfen wenig. Als im Spätsommer 1840 die Reise in greifbare Nähe rückte, versteckte sich die Droste hinter Vorwänden und Schutzbehauptungen und ließ ihre Mutter allein reisen. Zwar führte sie gegenüber Jenny ihre schlechten Finanzen als Grund an und auch, daß sie einen schwerkranken Neffen in Hülshoff pflegen müsse; in einem an Schlüter gerichteten Brief ließ sie jedoch durchblicken: *ich war so übel aufgeräumt über diese Reise, sie schien mir so überflüssig, und fast thöricht*, <...> (Brief vom 23. März 1841).

Der Verzicht auf den Meersburg-Besuch und die entsprechenden Ausflüchte der Droste sind vor dem Hintergrund ihrer damaligen literarischen Situation gut zu verstehen. Im Laufe des Jahres 1839 hatte sie ihre erste bedeutende Prosaarbeit, die *Judenbuche*, zum Abschluß gebracht, und Anfang des Jahres 1840 war ihr Gedichtzyklus *Das geistliche Jahr* zu einem vorläufigen Abschluß gekommen. Seit Herbst 1839 bestand zudem ein Kontakt zur „Heckenschriftsteller-Gesellschaft", einem kleinen, aber ambitionierten Kreis von Literaturliebhabern in Münster um Elise Rüdiger. Damals setzten auch Schückings wöchentliche Besuche im Rüschhaus ein, die zum literarischen Gespräch genutzt wurden. Die Zusammenarbeit beider trug erste Früchte. Für die Autorin hatte sich das Tor zur literarischen Welt einen etwas weiteren Spalt geöffnet. Sie begann, eine gefragte Autorin zu werden. Sogar der damals gefeierte Detmolder Dichter Ferdinand Freiligrath interessierte sich für ihre Gedichte und wollte einen Abdruck in der Zeitschrift „Europa" vermitteln.

So schob die Droste im Laufe des Jahres 1840 nicht nur die Entscheidung über ihre Mitreise nach Meersburg immer weiter hinaus, sondern auch ihr Sommer- und Herbstquartier in Hülshoff. Vor Elise Rüdiger begründete sie dies mit eben ihren literarischen Plänen: ich wage *nicht auf einige Tage hinzugehn, weil ich sicher weiß, daß man mich dann nicht fortläßt, und mein Winteraufenthalt sogleich seinen Anfang nimmt, was mir doch noch zu früh wäre, da ich so Vieles in der Arbeit habe, an dessen Vollendung dort, wo die Kinder mich den ganzen Tag belagert halten, nicht zu denken ist* (Brief vom 10.10.1840).

*

Die Mutter brachte für die Entscheidung der Droste, im Rüschhaus zurückzubleiben, kein rechtes Verständnis auf. Sie ließ Laßberg wissen: *Daß Nette mich nicht begleitet, wissen Sie, lieber Laßberg gewiß schon. Da ich ihre Entschuldigung nicht allein übernehmen wollte, so schrieb sie am Tage meiner Abreise einen langen Brief an die liebe Jänny, wo sie ihr alle ihre Gründe weitläufig auseinandersetzte. Ein großer Teil von dem, was sie sagt, ist wahr, andern Teils aber geht es der guten Nette wie vielen unverheyratheten Frauenzimmern, Gemächlichkeit ist ein Hauptzug des Karakters, und diesem Hange kann sie nirgens so ungestört folgen, wie in Rüschhaus, wo sie (besonders jetzt) vollkommen souverain herrscht, ebenso unumschränkt wie Adam im Paradies vor Erschaffung seiner lieben Hälfte* (Brief vom 27. Oktober 1840).

Die Droste ihrerseits war froh, die Absage durchgesetzt zu haben. Am 19. Januar 1841 schrieb sie ihrem Vetter Reinhard von Brenken: *Von Meersburg erhielt ich vor vierzehn Tagen die letzten Nachrichten. Damals war Gottlob Alles wohl dort, und die Kälte noch nicht so groß, ein Umstand, nach dem ich mich immer erkundige, denn der Himmel weiß, wie es mich gefroren hat vor fünf Jahren in der Schweiz. Doch ists am See immer gelinder, und meine Mutter schreibt schon vor acht Wochen, daß die Schweiz seit vierzehn Tagen schneeweiß vor ihr liege. Gott segne mir unser Westphalen!* In der Tat waren die ersten Schilderungen, die die Autorin von Meersburg aus durch ihre Mutter erhielt, nicht gerade verlockend. Für sie klangen sie sehr nach Eppishausen und dem dortigen eisigen Winter 1835/36: *Es ist hier doch schon recht kalt, die Schweiz liegt schneeweiß vor mir, und die hiesigen großen Zimmer sind doch kaum lauwarm zu nennen. Du frörst rein tot, wärst jetzt schon längst begraben;* <...> (Brief vom 11. Dezember 1840).

Auf nach Meersburg!

Die Reise der Droste nach Meersburg war jedoch allenfalls „aufgeschoben“ und keineswegs „aufgehoben“. Schon bald nach der Rückkehr ihrer Mutter von Meersburg (9. Juni 1841) wurden neue Pläne zu einem Wiedersehen mit den Laßbergs geschmiedet. Und je mehr sich abzeichnete, daß Laßbergs nicht selbst nach Westfalen kommen konnten (auch nicht unbedingt wollten), desto größer wurde die Wahrscheinlichkeit, daß diesmal die Droste ans Kofferpacken denken mußte.

Als die Reise dann, wie die Droste sagte, *auf's Tapet* kam, stand sie für sie unter anderen, günstigeren Vorzeichen. Der aufstrebende Literat Levin Schücking, ihr um 17 Jahre jüngerer literarischer Freund, konnte mit von der Partie sein. Laßberg war bereit, ihn übergangsweise als Bibliothekar anzustellen. Die Droste hatte Schückings Aufenthalt heimlich „eingefädelt“ – sehr zum späteren Verdruß ihrer Mutter, bei der der freigeistige Schücking nicht eben gut angeschrieben war. Und mit wem die Droste verkehren konnte und durfte, machte sie, auch im fortgeschrittenen Alter, noch sehr vom Urteil ihrer Mutter abhängig

*

Die Droste wurde zu ihrem ersten Besuch in Meersburg von ihrer Schwester abgeholt. Diese traf mit ihren inzwischen fünfjährigen Zwillingstöchtern Hildegard und Hildegunde am 9. August 1841 im Rüschhaus ein. Der Besuch verlief für Jenny wenig erfreulich. Die Kinder erkrankten, und es konnten nur wenige der erhofften Besuchsstationen angesteuert werden. Wie so oft, half die Droste bei der Krankenpflege mit.

Laßberg selbst hatte die Teilnahme abgesagt. Im Brief an Hermann Liebenau vom 13. August 1841 begründet er dies mit den Worten: *Was mich betrifft, so fand ich nicht für geraten, bei meinem alter diese weite reise nach einem lande zu machen, wo mich nichts interessiert, wo man den tischwein aus kelchgläsern trinkt und keinen tropfen guten wassers hat.*

Levin Schücking (1814-1883)

Wenig später war er nicht besser auf Westfalen zu sprechen. *Am letzten septembers kam meine Frau mit den kindern aus Westphalen zurük und brachte ihre schwester Nette mir. Die kinder waren blaß und mager geworden in jenem hungerlande, haben sich aber schon wieder herausgefressen, und auch die roten wangen sind Gottlob! wiedergekeret* (Brief an Hermann Liebenau vom 22. Oktober 1841).

Um Laßberg aus der Ferne zu grüßen, verfaßte die Droste im Namen ihrer beiden kleinen Nichten das Gedichtchen *Gruß an „das Herrle"*, das sie am 22. August in den „Westfälischen Merkur" einrücken ließ.

Gruß an „das Herrle"

Zwei Kinder spielen wie Mäuschen quick
In der hellen Stube, zwei Kindlein gut,
Mit feinen Löckchen und klarem Blick,
In ihren Armen ein Püppchen ruht,
Das ziert die eine mit Muscheln rot,
Die andre mit blauen Schleifchen licht,
Das ist ihnen lieber als Zuckerbrod,
Aber so lieb wie „das Herrle" nicht.

Die Verse erzielten die erhoffte Wirkung. Laßberg antwortete von Meersburg aus mit einem poetischen *Gegengruß*:

Gundel und Hildel, ir liebe Kind!
Ich grüße euch durch den abendwind!
Ich grüße euch warlich nie genug!
und liegen auch hundert meilen dazwischen.
Ein herzensgruß kan alles verwischen!
Und wenn ir noch so ferne seid,
Der liebe ist kein weg zu weit!

Gott erhalte mir das junge blut!
Hildel fein und Gundel gut!
Die süsse mutter ich mit euch meine.
Doch seid ir nicht gegrüßt alleine!
Die süsse mutter, das treue herz!
Hat mir geheilet so manchen Schmerz,
Mit mir geteilet so manche Freud':
Gott sei gedankt in ewigkeit.

Auch brieflich brachte er zum Ausdruck, wie sehr die Überraschung mit dem *Gruß an „das Herrle"* gelungen war: *Das war ein schöner und guter Morgen, du geliebtes Jennyherz, der mir schon wieder einen Brief von Dir, den vom 19. und 20. Aug. brachte. Ja, sogar der „Westfälische Merkur" war diesmal so galant, und brachte dem „Herrle" einen schönen und lieben Gruß von Nette. – Das ist viel Glück auf einmal! Das kleine Gedichtchen ist wirklich allerliebst <...>.*

*

Am 19. September verabschiedete sich die Droste brieflich von Schlüter. Noch einmal brachte sie ihre mit der Abreise verbundenen gemischten Gefühle zum Ausdruck: *Obwohl ganz begraben in Kleidern und Papieren, und in all dem Tumulte der einer Abreise vorher zu gehn pflegt, kann ich doch unser gutes Ländchen nicht auf mehrere Monate verlassen, ohne meinem liebsten Freunde Lebewohl zugerufen zu haben, – es ist nämlich nach vielem Hin und herschwanken, wobey ich mich zuletzt für völlig passiv erklärt, und Alles dem Willen Gottes und meiner Mutter überlassen habe, endlich festgesetzt, daß ich meine Schwester nach Meersburg begleiten, den Winter über dort bleiben und im Frühlinge von meinem Bruder wieder abgeholt werden soll, <...> – kurz, es ist mahl so! ich reise mit! und bemühe mich der Sache die* *angenehmste Seite abzugewinnen, da mir doch mahl die Qual der Wahl nicht geworden ist – auch soll der Aufenthalt in Meersburg um Vieles angenehmer seyn als der in Eppishausen, schon des einträchtigen friedlichen Wohnens unter Glaubensgenossen und im Schutze geordneter Gesetze wegen, was man dort so drückend vermißte, und dann ist diesseits des Sees „das Land was meine Sprache spricht" was man drüben wahrlich nicht sagen kann, wo selbst Menschen aus den gebildeteren Ständen, z.b. die Frauen der dortigen Aerzte und Pfarrer, sich einbildeten, wir sprächen englisch, und man also noch vereinzelter steht, wie hier zu Lande eine französische Familie, die wenigstens überall ihren Glauben und Gottesdienst blühen sieht. – Gott bewahre mich vor dem Heimweh! ich habe es das vorige Mahl* <in Eppishausen> *auf eine arge Weise gehabt – indessen werde ich doch keine Viertelstunde allein seyn können, ohne daß meine Gedanken in Rüschhaus, Hülshoff, Münster wären, –* <...>.

Zwei Tage später erfolgte die Abreise. Am 30. September 1841 traf man nach Zwischenstationen in Köln, Bonn, Königswinter, Koblenz, Mainz und Mannheim in Meersburg ein.

Am Bodensee

Ueber Gelände, matt gedehnt,
Hat Nebelrauch sich wimmelnd gelegt,
Müde, müde die Luft am Strande stöhnt,
Wie ein Roß, das den schlafenden Reiter trägt;
Im Fischerhause kein Lämpchen brennt,
Im öden Thurme kein Heimchen schrillt,
Nur langsam rollend der Pulsschlag schwillt
In dem zitternden Element.

Ich hör' es wühlen am feuchten Strand,
Mir unterm Fuße es wühlen fort,
Die Kiesel knistern, es rauscht der Sand,
Und Stein an Stein entbröckelt dem Bord.
An meiner Sohle zerfährt der Schaum,
Eine Stimme klaget im hohlen Grund,
Gedämpft, mit halbgeschlossenem Mund,
Wie des grollenden Wetters Traum.

Ich beuge mich lauschend am Thurme her,
Sprühregenflitter fährt in die Höh',
Ha, meine Locke ist feucht und schwer!
Was treibst du denn, unruhiger See?
Kann dir der heilige Schlaf nicht nahn?
Doch nein, du schläfst, ich seh es genau,
Dein Auge decket die Wimper grau,
Am Ufer schlummert der Kahn.

Hast du so Vieles, so Vieles erlebt,
Daß dir im Traume es kehren muß,
Daß deine gleißende Nerv' erbebt,
Naht ihr am Strand eines Menschen Fuß?

Dahin, dahin! die einst so gesund,
So reich und mächtig, so arm und klein,
Und nur ihr flüchtiger Spiegelschein
Liegt zerflossen auf deinem Grund.

Der Ritter, so aus der Burg hervor
Vom Hange trabte in aller Früh;
- Jetzt nickt die Esche vom grauen Thor,
Am Zwinger zeichnet die Mylady. -
Das arme Mütterlein, das gebleicht
Sein Leichenhemde den Strand entlang,
Der Kranke, der seinen letzten Gang
An deinem Borde gekeucht;

Das spielende Kind, das neckend hier
Sein Schneckenhäuschen geschleudert hat,
Die glüchende Braut, die lächelnd dir
Von der Ringelblume gab Blatt um Blatt;
Der Sänger, der mit trunkenem Aug'
Das Metrum geplätschert in deiner Flut,
Der Pilger, so am Gesteine geruht,
Sie Alle dahin wie Rauch!

Bist du so fromm, alte Wasserfey,
Hältst nur umschlungen, läßt nimmer los?
Hat sich aus dem Gebirge die Treu'
Geflüchtet in deinen heiligen Schoos?
O, schau mich an! ich zergeh wie Schaum,
Wenn aus dem Grabe die Distel quillt,
Dann zuckt mein längst zerfallenes Bild
Wohl einmal durch deinen Traum!

Neue Bekanntschaften und viel Abwechslung

Die Droste hatte anfangs befürchtet, daß sich ihre Schwester und ihr Schwager in Meersburg durch den *Verkehr mit den Honoratioren* der Stadt einen *Klotz an den Fuß gelegt* hätten. Solche Befürchtungen sollten sich jedoch, was die Droste selbst betraf, als unbegründet erweisen. Nur die erste Zeit ihres Aufenthaltes auf der Meersburg war mit Besuchsterminen und den üblichen *Convenienzien* ausgefüllt. Später konnte sie sich ihre Zeit weitgehend selbst einteilen: Jenny schrieb am 14. Dezember 1842 an Sophie von Haxthausen: <...> *es ist wahr, daß wir oft zu viel Besuch haben, das ist lästig aber auch für mich, Nette blieb auf ihrem Zimmer, so oft es ihr gefiel* <...>. Aus demselben Brief erfahren wir: *Nette haben wir ungern verloren, sie wäre hier wieder gesund geworden*

Ein von der Droste bewohntes Zimmer auf der Meersburg
Zeitgenössisches Aquarell

deshalb hoffe ich, daß sie bald wieder kommt; denn sie weiß wohl mit wie üblen Umständen sie zu uns kam, die gute Nette hat hier viele Freunde und ihr poetisches Talent viele Verehrer erworben.

Zum Kreis dieser *Freunde* und *Verehrer* gehörte einmal Laßbergs alter Bekannter Maximilian Hufschmiedt, der täglich auf das Schloß kam, um mit Laßberg eine Partie „Langen Puff" zu spielen, dann der Arzt Dr. Scheppe, weiterhin der Seminarleiter Philipp Nabholz, seine Lehrer Karl Jung und Johannes Flink sowie der Meersburger Musiklehrer Professor Weber. Kontakte ergaben sich für die Droste auch zu den beiden weiblichen Erziehungsanstalten am Ort. Gemeint ist hiermit zum einen eine Mädchenschule im ehemaligen Dominikanerinnenkloster, dem „Gotteshaus zur Sammlung" an der Kirchstraße. Nach dem Urteil der Droste standen diesem Haus *etwas prosaische, aber recht gescheite Klosterfrauen* vor. Die zweite Bildungseinrichtung war ein bis Ende 1842 existierendes „Fräuleininstitut", ein Mädchenpensionat, das von einer Frau von Kessel geleitet wurde.

Womit sich dieser Kreis unter anderem die Zeit vertrieb, schilderte die Droste im Brief an die Mutter vom 28. Januar 1842: *Wir waren gestern recht munter zusammen* <beim Arzt Dr. Scheppe>, *und es wurden so viele Gespenstergeschichten erzählt, daß wir vor Grausen kaum nach Haus kommen konnten, – Der Physicus war ungläubig, und erzählte lauter Stückchen die sich kahl auflösten, aber auch an sich unbedeutend waren, Kessels hingegen gaben die prächtigsten Beyträge, meistens aus eigner Erfahrung, daß Einem die Haare zu Berge standen, – sie haben, unter Anderm, ein berüchtigtes Spukhaus bewohnt, und sind so geplagt worden, daß sie nach drey Monaten ausziehn mußten. – Ein anderes Mahl waren sie lange zum Besuch in einem Schlosse, wo die Bewohner, besonders der Hausherr und seine Frau, häufig doppelt gesehn wurden, und Einem in den abgelegenen alten Gängen begegneten, mit brennenden Lichtern in der Hand, während sie doch ganz ruhig in der Wohnstube saßen, und lasen oder strickten – Ist das nicht schön?*

*

Für ein „kulturelles Beiprogramm" war am Ort reichlich gesorgt. Zum einen durch das Meersburger „Museum", ein Zeitungs- und Lesekabinett, das seine Räume im „Bären" hatte. Hier lagen viele deutsche (allerdings fast nur süddeutsche) und ausländische Zeitungen aus. Aus einem Brief Jennys ist zu erfahren: *Laßberg ist jetzt Mitglied des Museums, geht jeden Tag um 11 Uhr hin um Zeitung zu lesen, und wir bekommen Bücher aus der Museumsbibliothek, worin gute Sachen sind; z.B. von Buttler, Hauff* <...> (Brief an die Mutter vom 24. November 1838). In diesem „Museum" verfolgte die Droste später, im April/Mai 1842, täglich den Erstdruck ihrer *Judenbuche* im Cottaschen „Morgenblatt".

Eine weitere Meersburger Attraktion war das „Liebhabertheater". Die Droste zählte zu dessen eifrigsten Besuchern. Überhaupt schien Meersburg ein gutes Pflaster für Theaterfreunde gewesen zu sein. Hören wir erneut Jenny: *du wirst dich wundern, wenn ich dir sage daß wir seit 3 Wochen hier Schauspieler hatten, ziemlich gut, das heißt für Meersburg, wir sind oft hingegangen, theils aus Mitleid, denn es war unerträglich heiß im Theater, es ist noch ein Theater aus fürstlichen Zeiten* <...>. Die Dekorationen hätten dabei einen ziemlich überzeugenden Eindruck hinterlassen. Sogar an Singspiele hätten sich die Schauspieler gewagt, allerdings nur *mit Hülfe der Liebhaber, sonst wäre das Orchester zu klein gewesen* <...>; *heute sind die armen Leute fort nach Ueberlingen* (Brief an die Mutter vom 10. Juli 1839).

Die Droste hat dem „Liebhabertheater" ein eigenes Gedicht gewidmet:

Das Liebhabertheater

Meinst du, wir hätten jetzt Decemberschnee?
Noch eben stand ich vor dem schönsten Hain,
So grün und kräftig sah ich keinen je.
Die Windsbraut fuhr, der Donner knallte drein,
Und seine Zweige trotzten wie gegossen,
Gleich an des Parkes Thor ein Häuschen stand,
Mit Kränzen war geschmückt die schlichte Wand,
Die haben nicht gezittert vor den Schlossen,
Das nenn' ich Kränze doch und einen Hain!

Und denkst du wohl, wir hätten finstre Nacht?
Des Morgens Gluten wallten eben noch,
Rothglühend, wie des Lavastromes Macht
Hernieder knistert von Vesuves Joch;
Nie sah so prächtig man Auroren ziehen!
An unsre Augen schlugen wir die Hand,
Und dachten schier, der Felsen steh' in Brand,
Die Hirten sahn wir wie Dämonen glühen;
Das nenn' ich einen Sonnenaufgang doch!

Und sprichst du unsres Landes Nymphen Hohn?
Noch eben schlüpfte durch des Forstes Hau
Ein Mädchen voll und sinnig wie der Mohn,
Gewiß, sie war die allerschönste Frau!
Ihr weißes Händchen hielt den blanken Spaten,
Der kleine Fuß, in Zwickelstrumpf und Schuh,
Hob sich so schwebend, trat so zierlich zu,
Und hör, ich will es dir nur gleich verrathen,
Der schönen Clara glich sie ganz genau.

Und sagst du, diese habe mein gelacht?
O hättest du sie heute nur gesehn,
Wie schlau sie meine Blicke hat bewacht,
Wie zärtlich konnte ihre Augen drehn,
Und welche süße Worte ihr entquollen!
Recht wo ich stand, dorthin hat sie geweint:
„Mein theures Herz, mein Leben, einz'ger Freund!“
Das schien ihr von den Lippen nur zu rollen.
War das nicht richtig angebracht und schön?

Doch Eins nur, Eines noch verhehlt' ich dir,
Und fürchte sehr, es trage wenig ein;
Der Wald war brettern und der Kranz Papier,
Das Morgenroth Bengalens Feuerschein,
Und als sie ließ so süße Worte wandern,
Ach, ob sie gleich dabei mich angeblickt,
Der dicht an das Orchester war gerückt,
Doch fürcht' ich fast, sie galten einem Andern!
Was meinst du, sollte das wohl möglich seyn?

*

Wie gestaltete sich in Meersburg der Tagesablauf der Droste? Ein fester Programmpunkt waren die Spaziergänge am Ufer des Bodensees. Sie trugen wesentlich zur Besserung ihrer stets angegriffenen und schwankenden Gesundheit bei. Laßberg hatte also recht vermutet, als er am 10. September 1841 seiner Frau nach Westfalen geschrieben hatte: *Was mich aber <...> nicht wenig freut, ist die Wahrscheinlichkeit, daß Nette sich bei uns in unserem Lande gefallen und daß unsere gesunde Luft vorteilhaft auf ihre Gesundheit wirken wird <...>.*

Weitere Zeugnisse belegen, daß die Autorin gesundheitlich sehr von ihrer neuen Umgebung profitierte: Am 13. November berichtete Laßberg Carl von Gaugreben: *Nette hat sich schon ganz gut hier im Schwabenlande angewoenet, und findet selbst, daß ire gesundheit sich schon betraechtlich gebessert hat. wir lassen sie ganz nach eigenem wunsch und neigung leben und damit scheint sie auch wol vergnügt zu sein. Die milde witterung des nachherbstes tut uns allen wol und Nette macht alle tage große Spaziergaenge.* Einen Monat später heißt es in einem Familienbrief: *Nette ist so wohl, daß sie alle Tage spazieren geht, gar nicht mehr bei Tage schläft und nicht zu Bett liegt, ist sehr viel gesünder jetzt* <...> (Brief Sophie von Haxthausens an August von Haxthausen vom Dezember 1841). Ein weiteres Zeugnis liegt vom 25. April 1842 vor. Jenny schrieb einer Verwandten: *Mama wünscht sehr Nette möchte bald zurückkommen, dies ist mir sehr leid nicht allein weil ich sie gern hier habe, sondern vorzüglich ihrer Gesundheit wegen, die jetzt viel besser ist, und ich fürchte alle alte Uebel stellen sich wieder ein, wenn sie in ihre alte Lebensart kommt,* <...> (Brief an Mathilde von Merode).

*

Natürlich wurden auch viele Ausflüge in die Umgebung unternommen. Im sog. Meersburger-Nachlaß der Droste befindet sich eine Liste, auf der sie – wohl als eine Art Gedächtnisstütze – noch einmal alle Meersburger Ausflugsziele Revue passieren ließ. Zuerst ist eine Reihe von Gasthäusern aufgeführt (Das Schiff, Der Löwe, Der Bär, Die Traube, Das Glaserhäuschen, Die Krone). Hieran schließt sich eine Liste von Orten an, die von der Dichterin besucht wurden. Oft war sie demzufolge in Uhldingen, Daisendorf, Haltnau, Hagnau und Stetten; zwei Besuche verzeichnet sie für Kirchberg, Friedrichshafen, Ermatingen und Baitenhausen; ein Besuch ist für Überlingen, Salmannsweiler (Kloster Salem), Langenargen und Birnau vermerkt. Auf einer anderen Liste nennt sie unter *kennen gelernt* ca. 150 Personen, mit denen sie in Meersburg zusammengetroffen war. Nicht aufgeführt, aber durch andere Quellen belegt, sind ihre Besuche im „Frieden", einem Gasthaus außerhalb der Stadt an der Straße nach Hagnau/Markdorf.

Das „Glaserhäusle"

Am liebsten aber besuchte sie den „Ödenstein", eine besonders malerische Stelle mit herrlicher Aussicht: *Lieber Levin, ich besuche jetzt unsre alten Plätze am See sehr selten oder vielmehr gar nicht – die alten Erinnerungen sind nothwendig durch neue verdrängt, und da praedominiren die Figelei und der öde Stein, – solche Plätze sind eben nur was man selbst hinein legt. Ich wollte ich wäre in diesem Augenblicke gesund, und könnte auf dem öden Stein stehen – am liebsten mit Euch – es stürmt furchtbar, der See wirft haushohe Spritzwellen, und ist von einem Farbenspiele, wie ich ihn nie gesehn, im Vordergrund tief schmaragdgrün, dann eine dunkelviolette Bahn, und am Horizont wie junges Buchenlaub, und alle Farben von der grösten Reinheit und Bestimmtheit, – das ist nur so bey starkem Sturme mit Sonnenschein dabey und war im vorigen Herbste öfters, aber seitdem nicht wieder, – Ihr habt es recht übel getroffen keinen solchen Tag hier erlebt zu haben, dann sieht man erst was die Landschaft seyn kann* (Brief an Schücking vom 20. Juni 1844).

Das erwähnte „Glaserhäusle“ trug seinen Namen nach einem früheren Besitzer, dem Glaser Kern, der 1784 erstmals die provisorische Genehmigung zum Weinausschank erhalten hatte. Zu Laßbergs Zeiten wurde es von dem urigen Wirt Johann Baptist Figel (gest. 1859) bewirtschaftet. In ihrem Gedicht *Die Schenke am See* hat die Droste dieser Ausflugsstätte, auf die auch Schücking in seinen „Lebenserinnerungen“ ausführlich eingeht, ein literarisches Denkmal gesetzt.

Die Schenke am See
An Levin S.

Ist's nicht ein heit'rer Ort, mein junger Freund,
Das kleine Haus, das schier vom Hange gleitet,
Wo so possierlich uns der Wirt erscheint,
So übermächtig sich die Landschaft breitet;
Wo uns ergötzt im neckischen Contrast
Das Wurzelmännchen mit verschmitzter Miene,
Das wie ein Aal sich schlingt und kugelt fast,
Im Angesicht der stolzen Alpenbühne?

Sitz nieder. - Trauben! - und behend erscheint
Zopfwedelnd der geschäftige Pigmäe;
O sieh, wie die verletzte Beere weint
Blutige Thränen um des Reifes Nähe;

Frisch greif in die kristallne Schale, frisch,
Die saftigen Rubine glühn und locken;
Schon fühl' ich an des Herbstes reichem Tisch
Den kargen Winter nahn auf leisen Socken.

Das sind dir Hieroglyphen, junges Blut,
Und ich, ich will an deiner lieben Seite
Froh schlürfen meiner Neige letztes Gut.
Schau her, schau drüben in die Näh' und Weite;
Wie uns zur Seite sich der Felsen bäumt,
Als könnten wir mit Händen ihn ergreifen,
Wie uns zu Füßen das Gewässer schäumt,
Als könnten wir im Schwunge drüber streifen!

Hörst du das Alphorn über'm blauen See?
So klar die Luft, mich dünkt, ich seh' den Hirten
Heimzügeln von der duftbesäumten Höh' -
War's nicht als ob die Rinderglocken schwirrten?
Dort, wo die Schlucht in das Gestein sich drängt -
Mich dünkt ich seh den kecken Jäger schleichen;
Wenn eine Gemse an der Klippe hängt,
Gewiß, mein Auge müßte sie erreichen.

Trink aus! - die Alpen liegen Stundenweit,
Nur nah die Burg, und heimisches Gemäuer,
Wo Träume lagern langverschollner Zeit,
Seltsame Mähr' und zorn'ge Abentheuer.
Wohl ziemt es mir, in Räumen schwer und grau
Zu grübeln über dunkler Thaten Reste;
Doch du, Levin, schaust aus dem grimmen Bau
Wie eine Schwalbe aus dem Mauerneste.

Sieh' drunten auf dem See im Abendroth
Die Taucherente hin und wieder schlüpfend;
Nun sinkt sie nieder wie des Netzes Loth,
Nun wieder aufwärts mit den Wellen hüpfend;

Seltsames Spiel, recht wie ein Lebenslauf!
Wir beide schaun gespannten Blickes nieder;
Du flüsterst lächelnd: immer kömmt sie auf -
Und ich, ich denke, immer sinkt sie wieder!

Noch einen Blick dem segensreichen Land,
Den Hügeln, Auen, üpp'gem Wellen Rauschen.
Und heimwärts dann, wo von der Zinne Rand
Freundliche Augen unserm Pfade lauschen;
Brich auf! - da haspelt in behendem Lauf
Das Wirthlein Abschied wedelnd uns entgegen:
„- Geruh'ge Nacht - stehn's nit zu zeitig auf! -"
Das ist der lust'gen Schwaben Abendsegen.

Viele dieser Besuche und Ausflüge finden auch brieflich Widerhall, unter anderem ein Besuch in Langenargen: *Einige Tage später fuhren wir über Friedrichshafen nach L a n g e n a r g e n, 8 Stunden von Meersburg – dieses Mahl Jenny mit – wie habe ich da an dich gedacht, altes Herz, wie hundertmahl habe ich dich hergewünscht! da hättest du erst erfahren was ein ä c h t r o m a n t i s c h e r P u n k t a m B o d e n s e e ist! Von so etwas habe ich durch h i e r noch gar nicht mahl eine Idee erhalten – denk dir den See wenigstens dreymahl so breit wie bey Meersburg – ein ordentliches Meer – so breit daß selbst ein scharfes Auge (Laßberg z.B.) von jenseits nichts erkennen kann als die Alpen, die nach ihrer ganzen Länge, sogar die Jungfrau mit, in einer durchaus neuen und pittoresquen Gruppirung wie aus dem Spiegel auftauchen, du sitzest auf dem sehr schönen Balkone eines stattlichen Hauses, (früher Kloster jetzt Gasthof) hinter dir die Flügelthüren des ehemaligen Refectoriums geöffnet, was seiner ganzen Länge nach mit den lebensgroßen Bildern der alten Grafen von Montfort, in schweren goldenen Rahmen, wie getäfelt ist – unter dir, über dir ein Stückchen flachen*

Strandes weg, die endlose Wasserfläche, wo du 10-12 Kähne und Fahrzeuge zugleich segeln siehst (denn hier ist die Fahrt anders belebt wie bey Meersburg!); links der sehr reiche und städtisch elegante Marktflecken, – tief im See ein Badehaus, zu dem ein äußerst zierlicher schmaler Steg führt, der sich im Wasser spiegelt, und gleich dahinter ein Seebusen, voll Segel und Masten, ganz wie ein Hafen, aber ohne das unangenehme Gemäuer – und endlich rechts, nicht 200 Schritte vom Gasthofe, der Hauptpunkt, die herrliche Ruine M o n t f o r t, (auf einer Landzunge) <...>. Du kannst dir das Mahlerische des Ganzen nicht denken! es ist so romantisch, daß man es in einem Romane nicht brauchen könnte, weil es gar zu r o m a n haft klänge, und ein fremder Kaufmann, den wir gestern beim Figel trafen, und der grades Weges aus dem südlichen Frankreich, durch Italien, und in letzter Station von Langenargen kam, war ganz entzückt davon, und sagte „er könne es nur den schönsten Aussichten bey Genua und Neapel vergleichen". – auch ich kann dir nicht sagen wie klein und armselig mir seitdem die hiesige Landschaft vorkömmt (Brief an Schücking vom 5. Mai 1842).

Auch von Schückings Hand besitzen wir die Schilderung einer solchen Exkursion: Eines weiteren Ausfluges wie dieser Spaziergänge am See entsinne ich mich, den wir zusammen mit dem Burgherrn machten. Es war ihm eine Freude, uns eine seiner geliebten alten schwäbischen Abteien, dieser Heimstätten ältester Cultur, zu zeigen, und er führte uns über Hügel und durch herbstlich sich entlaubende Wälder nach dem benachbarten Salmansweiler, der Abtei Salem, einst einem reichsunmittelbaren Cistercienserkloster, das über ein Gebiet von 6 Quadratmeilen herrschte. In die dortige Kloster-Schule war Laßberg in seinen jüngsten Jahren gegeben worden: er wußte viel von der harten Zucht darin zu erzählen, wie die Schulzimmer nie geheizt gewesen, <...>.

In der Höhe, nicht fern, das Thal von Salem beherrschend, sahen wir Heiligenberg liegen, das durch seine Lage berühmte große Schloß der Fürsten von Fürstenberg. Da oben hatte unser alter Ritter seine schönsten Jahre verlebt. Nach der Mediatisirung des Fürstenthums Fürstenberg, das doch viel größer gewesen als so manche souverän gelassene deutsche Städtlein, hatte die verwittwete Fürstin Elisabeth, eine geist- und gemüthreiche Frau aus dem Hause Thurn und Taxis, als Vormünderin ihres minorennen Sohnes auf Heiligenberg residirt, und als Berather, als eine Art Alter ego, hatte ihr Freund, der Oberjägermeister von Laßberg, ihr zur Seite gestanden. Des Schlosses lange vernachlässigten Räume waren von ihnen wohnlich hergestellt, mit schönen Anlagen war seine Umgebung geschmückt worden; „zu dem romantischen Traum von einer edlen Ritterwelt alter Zeiten, der ohnedies bei dem öffentlichen Elend der deutschen Nation das Gemeingut der Besten geworden war, lud das Schloß mit seinem Rittersaal, seiner Burgcapelle, seinen Kreuzgewölben und seiner Geschichte ganz besonders ein. Hier entstand aus jener Freundschaft der Fürstin und Laßbergs, deren Erinnerung eine Felsengalerie durch ihre Namen auf die Nachwelt bringt, die innigste – wir glauben nicht zu irren, wenn wir sagen, durch priesterlichen Segen geknüpfte Verbindung.“ In der That war später, nachdem ihr Sohn die Regierung übernommen, die Fürstin Laßberg nach Eppishausen in der Schweiz gefolgt und dort auch gestorben.

*

Abwechslung in den Tagesablauf brachten, wie schon angesprochen, die zahlreichen gelehrten Gäste. Am 17. Oktober 1841 kam mit Ludwig Uhland eine besondere Berühmtheit zu einem zweitägigen Besuch: *und nun zu U h l a n d, dessen Aeußeres keineswegs vortheilhaft ist, und der doch gefällt, wiederum durch große Bescheidenheit, Einfachheit und einen überwiegenden Zug von Güte, sonst ist er häßlich, seine Gestalt stämmig, fast gemein, feuerrothes Gesicht, und dazu stammelt er, was ihn so verlegen macht, daß er zuweilen aus Angst von einem Fuße auf den andern springt, aber plötzlich fährt ein geistiges Blitzen über sein Gesicht, oder ein unbeschreiblicher Zug von Milde und Theilnahme, daß man ihm gern die Hand drücken möchte, wenn man nicht dächte es bringe ihn in die gröste Verlegenheit. Er und Laßberg haben sich sehr lieb, und beyde sprangen (da Laßberg, seit seinem Falle vor fünf Jahren, hinkt) auf die komischeste Weise vor Freude im Zimmer umher, als sie sich begrüßten, dann gieng es bald an gelehrte Gespräche, in die Bibliotheck et cet, und wir Frauenzimmer kamen gar nicht in Betracht, hatten aber doch mitunter das Zuhören;* <...> (Brief an Elise Rüdiger vom 29. Oktober 1841).

Solche „Fingernägelporträts“ (Levin Ludwig Schücking) finden sich in vielen Briefen der Droste. Hören wir noch – als Kostprobe für die viel zuwenig bekannte humoristische Ader der Dichterin – ihre Beschreibung von drei weiteren Meersburger Bekanntschaften: *Vor einigen Tagen war Prof. O k e n hier, – ich sah ihn schon vor acht Jahren in Eppishausen, und mochte ihn damals nicht, seines argen Cynismus halber, jetzt hat ihn das Alter sehr gemildert, er ist ein liebenswürdiger freundlicher Greis geworden, originell und unnüsel wie Jakob Grimm. – Der arme Schelm war zu Fuße von Zürich nach Ulm getrabt, um die Spuren einer Römerstraße zu verfolgen, – immer im vollen Platzrege, – und hatte fast nirgends Anderes als Koth und nasses Gesträuch gefunden, was seinen armen alten Körper so rheumatisch gemacht hatte wie einen Barometer. – er trocknete und wärmte sich hier ein Bischen aus, und trabte dann trübselig wieder nach Zürich zu. – Sonst habe ich hier noch viele berühmte Leute gesehn, lauter Niebelungenreuter, die viel zu gelehrt sprachen als daß ich sie* *verstanden hätte. <...> Meine Haupt-Liebschaft hier (Umgang kann ich es leider nicht nennen, da ich sie fast nie sehe) ist ein allerliebstes altes Jüngferchen in Constanz, Fräulein Lottchen Ittner, Tochter eines Gelehrten, die Latein spricht wie Wasser, aber vor Blödigkeit fast ihr Schürzchen zerreißt wenn man sie anredet, <...> sie hat ein Gesichtchen worin die Güte förmlich festgetrocknet ist, und bringt ihre Zeit damit hin, Kranken oder sonst verlassenen alten Leuten vorzulesen, – die Zeitungen wenns nicht anders seyn kann, obwohl ihr diese in den Tod zuwider sind. – Meine zweyte Liebe (leider unerwiedert) ist der Provisor in der Apotheke meinem Thurm gegenüber, auch ein kleines, grauköpfiges Wurzelmännchen, das aus bloßer Treue schon der vierten Generation derselben Familie dient, obwohl ihm zehnmal bessere Stellen gebothen sind – jetzt einen schlimmen Herrn hat, der die Armen drückt, und nun aus seinem armen dünnen Provisorbeutel den Leuten das Geld zusteckt womit sie seinen Herrn bezahlen – Ich habe ihm lange nachgestellt, und ihn oft in meinen Thurm zur Münzschau eingeladen, aber der ägyptische Joseph will nicht daran, und ich muß mich begnügen ihn aus der Ferne zu betrachten, wenn er seines Herrn krummbeinige eheleibliche Cretins an der Mauer spatzieren trägt. – Du siehst, es giebt hier mitunter nette Leute, wenn die Schwaben gut sind so sind sie gleich recht gut, sonst durchgängig etwas dickhäutig und dickköpfig, aber doch durch die Bank fromme Schlucker, und das Sprichwort „ehrlich wie ein Schwab'" ist nicht umsonst da* (Brief an August von Haxthausen vom 2. August 1844).

*

Im Mai 1842 kündigte sich mit den beiden Freiherren von Brenken Besuch aus Westfalen an. Diesen Gästen verdanken wir ein Briefzeugnis, das in charakteristischer Weise die Vorliebe der Droste beschreibt, sich mit dem Flair des Skurrilen und Unheimlichen zu umgeben: *Von der Lebensart und Aufnahme in M*<eersburg> *brauche ich nichts zu sagen: sie war dieselbe, die ich stets dort gefunden. Alle alten Bücher, Handschriften, geschnittenen Steine, Münzen u. dgl. mußten wir besehen, und hatten Muße genug, denn das Wetter war sehr schlecht! Alle Abende um 9 Uhr erschien Hr. Hufschmied, um mit Laßberg eine Partie „langen Puff“ zu spielen. Dann kam Nette, und erzählte uns, während Jenny den häuslichen Geschäften oblag, die furchtbarsten Geschichten von Dingen, die da sind, und sein sollen.* <...> *Gestern war der erste schöne Tag, den ich in M*<eers>*b*<bur>*g erlebte, und Laßberg konnte nicht widerstehen mich nach seinem geliebten Heiligenberg zu führen. Es ist unbeschreiblich und unbegreiflich, wie er so gern und noch dorthin gehen kann, wo jeder Schritt Erinnerungen bei ihm aufwecken muß, die ich vermeiden würde. Nette und die Kinder waren auch mit. Erstere finde ich, gewinnt sehr durch nähere Bekanntschaft; daher mag es auch wohl kommen, daß sich zwischen Hermann und mir zu ihr ein sehr heftiges Freundschaftsverhältnis angesponnen hat, welches veranlaßte, daß wir ihr mit unglaublichem Eifer Muscheln und Versteinerungen suchen halfen* <...>.

„... die heimischeste und herzlichste Zeit unseres beyderseitigen Lebens..." Die Meersburger Gedichte und Schücking

Ob ich mich freue nach Haus zu kommen? – nein, Levin, nein – <...> es wird mir sehr schwer von hier zu gehn (Brief an Levin Schücking vom 4. Mai 1842).

Sowohl für die Droste als auch für Schücking bedeutete der gemeinsame Aufenthalt auf der Meersburg einen großen Sprung auf ihrer literarischen Karriereleiter. Als sich die Droste zum ersten Mal auf den Weg zur Meersburg machte, war sie noch keineswegs eine gefeierte Dichterin – wie sie ja überhaupt erst Jahrzehnte nach ihrem Tod, Ende der 1880er Jahre, „entdeckt" wurde. Zwar hatte sie 1838 – 41jährig – ihre erste Gedichtausgabe veröffentlicht, doch war dieser Sammlung nur sehr geringer Erfolg beschieden gewesen. Das lag einmal daran, daß das 220 Seiten starke Bändchen im provinziellen münsterischen Verlag Aschendorff erschienen war, zum anderen aber auch daran, daß die langen Versepen der Droste zu wenig dem Zeitgeschmack eines Publikums entsprachen, das lieber zu leichteren Lesestoffen griff oder sich von der „Löwen- und Wüstenpoesie" eines Freiligrath in exotische Gefilde entführen ließ. Ganze 74 Exemplare wurden von diesem Erstling abgesetzt. Mit der zweiten Gedichtausgabe der Droste, die 1844 im renommierten Cotta-Verlag erschien, konnte sich die Ausgabe von 1838 in keiner Weise messen.

Für den aufstrebenden jungen Literaten Schücking war die literarische Luft in Münster damals längst zu eng geworden. Seine schriftstellerischen Neigungen brachten ihm dort allenfalls ein geringes Zubrot ein. Seinen Lebensunterhalt mußte er mit anderen Betätigungen bestreiten, hauptsächlich als Privatlehrer. Noch am 29. August 1840 hatte die Droste ihrem

Onkel August von Haxthausen berichtet, daß Schücking kaum ein Auskommen habe und *gesund oder krank, auf Leben und Tod schriftstellern* müsse; *jede Woche* komme er, *so in Schweiß gebadet und abgehetzt* ins Rüschhaus, *als ob er zehn Stunden gemacht hätte*; es sei traurig, *ein gutes Talent und gute Gesundheit so <...> verkümmern zu sehn.*

Immerhin aber hatte Schücking seit 1840 einige Beiträge in Carl Gutzkows „Telegraphen für Deutschland“ und im „Morgenblatt“ unterbringen können, vor allem Arbeiten im kritischen Fach, seiner stärksten literarischen Seite. Auch bestanden bereits einige briefliche Kontakte zu „Größen“ der damaligen Literaturwelt. Im Sommer 1841 hatte er außerdem – unter tatkräftiger Mithilfe der Droste – recht erfolgreich gemeinsam mit Ferdinand Freiligrath den Band „Das malerische und romantische Westphalen“ herausgegeben. Doch wie sollte es weitergehen? Eine berufliche Perspektive zeichnete sich für ihn auch mit dem Meersburger Aufenthalt nicht ab. Allenfalls hätte er hier einige Bekanntschaften schließen können, die ihm beruflich weitergeholfen hätten. Und natürlich wollte er in Meersburg mit einigen eigenen Arbeiten weiterkommen.

Und die literarischen Pläne der Droste? Auch sie hatte sich viel vorgenommen. Sie wollte an ihrem angefangenen Roman *Bei uns zu Lande auf dem Lande* weiterschreiben, an den Liedern des *Geistlichen Jahres feilen und diese abschreiben*, und auch das Lustspiel *Perdu!* sollte zum Abschluß kommen: <...> *das Nöthige dazu steckt schon tief im Koffer, und an Zeit und Ruhe wird es mir nicht fehlen, da Jenny mir, auf meine Bitte, ein ganz abgelegenes Zimmer in ihrem alten weiten Schlosse, wo sich unten die wenigen Bewohner darin verlieren wie einzelne Fliegen, einräumen will* (Brief an Schlüter vom 19. September 1841). Dann jedoch nahm die literarische Produktion einen ganz anderen Verlauf als erwartet.

In der ersten Zeit des Aufenthaltes war noch, bedingt durch die angesprochenen gesellschaftlichen Verpflichtungen, an keine literarische Arbeit zu denken. Am 29. Oktober, also gut einen Monat nach der Ankunft, resümiert die Droste in einem Brief an ihre Mutter: *wir sitzen so lange zu Tische, und spazieren dann bis es dunkel und der Nachmittag hin ist, und die Morgen sind auch schon kurz, und bis jetzt fast hingegangen mit Ankleiden, Frühstücken und heimlich an den Pantoffeln sticken, wobei bisher die besuchenden Damen immer aus- und eingingen, ich also doch Nichts schreiben konnte.* Der Freundin Elise Rüdiger berichtete sie tags darauf: *Bis jetzt habe ich eigentlich noch gar keine Lebensweise gehabt, sondern werde getrieben wie ein Mühlenrad.*

Am 18. Dezember befand sich die Droste dann jedoch mitten in der angeregtesten Arbeit. Sie schreibt Elise Rüdiger: *Ich liege wach im Bette, und mache im Dunkeln Gedichte, die ich nicht in die Sammlung* <der Gedichte 1838> *gegeben habe, und mit denen die zerstreut* <hinzu>*gekommen sind, könnte ich es wohl bis Frühjahr zu einem zweyten Bändchen bringen* <...>; <am> *Tag schreibe ich an meinem größeren Buche, und Abends bey Licht wird das bereits Fertige (später auch die geistlichen Lieder) abgeschrieben. – Sie sehn ich bin fleißig,* – <...>. Zehn Tage später heißt es im Brief an die Mutter: *Ich habe schon einen ganzen Wust geschrieben, August* <von Haxthausen> *würde sich aber ärgern, wenn er hörte daß es meistens Gedichte sind, von denen ich gegen Ostern wohl einen neuen dicken Band fertig haben werde, während das Westphalen* <Bei uns zu Lande auf dem Lande> *nur langsam voran rückt.* Bei ihrem dicht gedrängten Tagesprogramm müsse sie jede Minute *zu Rathe halten*, um den Winter über *was Ordentliches* zustande zu bringen.

Schückings Ankunft auf der Meersburg war am 9. Oktober erfolgt, also neun Tage nach der der Droste. Er kam von

Darmstadt aus, wo er seinen Freund Freiligrath besucht hatte. Seinem „Eintritt“ ins Alte Schloß widmete er in seinen „Lebenserinnerungen“ fast ein ganzes Kapitel: *Es war dunkel geworden, als ich, von dem reizenden alten Reichsstädtchen Ueberlingen herkommend, vor dem Posthaus im oberen Meersburg abgesetzt wurde; in nächtlichem Dunkel schon schritt ich über die Holzbrücke, welche über den tiefen, in die Felsen gehauenen Burggraben des alten Schlosses an das Burgthor führt. Unten in der Tiefe rauschte eine Mühle, glänzten die Lichter des am Seeufer liegenden unteren Theiles des Städtchens und drüber weithin leuchtete im Sternenlicht wie matter Stahl die Fläche des Bodensees. Ein alter Burgwart öffnete das Eingangspförtchen: sein Laternenlicht fiel in dem langen niederen Thorgewölbe, das ich betrat, auf eine Tafel mit einem großen Beil über einer ausgestreckten Hand und der Unterschrift „Burgfrieden“, und dann in die tückischen Augen eines schwarzen Hatzrüden, der mich höchst mißtrauisch anschnupperte. In den Hof herab, der sich gegen den See hin öffnete, fiel der Lichtschein der erhellten Wohngemächer im ersten Stock des Burggebäudes: im Inneren führte eine Holztreppe zu ihnen empor, und ich stand bald vor dem alten Freiherrn, dem letzten zum Ritter geschlagenen Manne im römischen Reiche und berühmt als „Meister Sepp von Eppishusen“ bei allen schwäbischen Geschichtsfreunden und bei allen Germanisten in deutschen Landen. Eine hohe, trotz seiner Jahre sich straff aufrecht haltende Gestalt mit einem schönen, ausdrucksvollen Kopfe, mit edlen, aber mehr strengen und verschlossenen als offenen Zügen, mit weißem Haar unter einem rothen Käppchen und in einem grünen Schnürrock erhob er sich von einer Tric-Trac-Tafel, an der er mit einem Bekannten aus dem Städtchen spielte, und bewillkommnete mich freundlich, mit der aristokratischen Hand seinen dünnen weißen Knebelbart zupfend. Wie ganz zu seiner Burgfrau geschaffen, stand sein Gemahl neben dem alten siebziegjährigen Ritter – ebenfalls eine hohe schlanke Gestalt mit schwanenhaft vorgebeugtem Hals und seinen edlen Zügen, nicht im mindesten der Schwester Annette ähnlich: Niemand in der Welt hätte sie für desselben Blutes Kinder gehalten.Die letztere kam, schwer athmend wie immer, wenn es für sie Treppen zu ersteigen galt, aus ihren Gemächern her-*

Zugbrücke und Burggraben

über; dann tauchten noch zwei kleine Mädel von fünf oder sechs Jahren auf, des alten Herrn Zwillingstöchterchen, und darauf beschränkte sich der Kreis der Insassen der weiten alten Schloßburg.

Es gab eine Welt von neuen Eindrücken zu verarbeiten in den nächsten Tagen – *eine ganz fremde und eigenartige Welt; Naturscenarien großartigster Schönheit, beim volltönenden Klange großer Namen erstehende Gestalten der Vergangenheit; bei jedem Anlaß sich ergebende bedeutungsvolle Beziehungen zu verehrten Männern der Gegenwart. Da war das schwäbische Meer, in dessen Fluth sich die Thürme des alten Kostnitz spiegelten wie das Gelände des blühenden Thurgaus, wie die Alpenkette der „sieben Kurfürsten" und des Säntis; da unten links stiegen die blauenden Höhen des Vorarlberges und Räthiens auf, zwischen denen durch die Cäsa piana lugte, rosig im Abendroth verdämmernd, verlockend an die Zauber Italiens mahnend: da unten rechts glänzte die Mainau und barg sich dem Auge die Reichenau mit der Grabstätte eines deutschen Kaisers: Sanct Gallen, Hohenems, Lindau, Arbon, das Haus der gewaltigen Montfort, die Burgen der Werdenfels, die zahlreichen Sitze berühmter Minnesänger – das Alles lag in dem culturhistorischen Rayon der alten Meersburg, stand voran in den Interessen ihres Besitzers. Und die alte Burg selber, war sie nicht von Dagobert, dem Frankenkönige, gebaut, war nicht an ihrem uralten Belfried* <Bergfried> *der Hammer Karl Martells zu sehen, hatte sie nicht zu dem Stammgut des hohenstaufischen Hauses gehört und war eine Zeit lang bewohnt worden von dem vielbesungenen jungen König Conradin, kurz ehe er sich rüstete zu seinem Zuge über die Alpen?* <...> *Eine solche Umgebung war ganz geeignet, eine romantische Stimmung wachzurufen und mittelalterliche Schwärmereien zu entzünden, denen sich dann reichste Nahrung darbot in den pfeilgetragenen Gewölben und runden*

Thurmzimmern der Burg, worin die Bibliothek Aufnahme gefunden hatte, welche neben dem berühmten Nibelungen-Codex, dem ältesten und reichhaltigsten aller, den die Germanisten mit dem Buchstaben C bezeichnen, als sei er der Codex par exellence, eine Anzahl anderer wichtigster Handschriften, klassischer Autoren, mittelhochdeutscher Dichter, Chroniken, Evangeliarien u.s.w. enthielt. Der alte Freiherr mußte nach solchen Schätzen sein Leben lang gefahndet haben mit dem Eifer eines Renaissance-Menschen, wie Aeneas Sylvius, Petrarca und Poggio Braccolini; auch war fast sein ganzes Vermögen in diese Sammlungen gewandert, welche jetzt von nah' und fern, von zünftigen Gelehrten und Dilettanten in Alterthumskunde und germanistischer Wissenschaft besucht wurden, die, herzlicher Bewillkommnung und gastlicher Aufnahme sicher, auf der alten Meersburg ein- und ausflogen wie die Schwalben, und denen der alte Herr mit rührender Unermüdlichkeit seine Unterstützung bei ihren Studien, seine Beihülfe aus dem reichen Schatze seines Wissens gewährte.

Wie eine Ergänzung lesen sich die Worte der Droste im Brief an Elise Rüdiger vom 30. Oktober 1841: *die vielen seltnen Bücher machen ihm* <Schücking> *auch große Freude (da Laßberg es gar nicht so genau nimmt, wenn er auch täglich einige Stunden ließt, statt zu arbeiten) und die Gegend, der Bodensee, die Alpen, die alte Burg, mit ihren Thürmen, Wendelstiegen, ganzen Reihen von unterirdischen Gefängnißgewölben, – wo die Gefangenen ihre Namen und alte Sprüche mit spitzen Steinen in die Felswand gekratzt haben – und nicht weniger als fünf verfallenen Gängen in den Berg, deren Ausgang uns unbekannt ist, haben ihm einen unbeschreiblichen Eindruck gemacht.*

*

Das folgende Gedicht Levin Schückings war ein Dankeschön an Laßberg für die gastfreie Aufnahme in seinem Haus. Es erschien zuerst im „Morgenblatt für gebildete Leser“ vom 7. April 1842, dort jedoch – sehr zum Bedauern Laßbergs – ohne die auf Laßberg bezogenen Stellen. Die vollständige, abermals überarbeitete Version erschien in Schückings „Gedichten“ (1845). Wie unschwer zu überhören und durch andere Zeugnisse belegt ist, hat die Droste Schückings Gedicht überarbeitet und einige für sie charakteristische Wendungen eingebracht.

Hier die vollständige Version des Textes in Schückings „Gedichten“:

Die Meersburg am Bodensee
(Conradins Sitz um 1262 und 67.)

Hoch über Felsen ist sie aufgebaut
Am Seegestad, daran die Wogen schlagen;
So hoch - was über die Wolke braut,
Scheint sie mit grauen Zackenreih'n zu tragen.

Inmitten steht, den Dagobert gesetzt,
Der Thurm, in dem der Schild Martells geklungen;
Ein fest Gemäu'r so stark und unverletzt,
Als ob es sein Jahrtausend übersprungen.

Durch seine Scharten schau ich in das Land
Weit, weit hinaus, auf sonn'ge Uferstrecken,
Den frischen Blumenkranz rings um den Rand
Von diesem ungeheuren Silberbecken.

Die stillen Schiffe seh' ich, wie sie sacht
Segel und Masten unter'm Winde neigen;
Wie einen Mast, daran die Wolke flaggt,
Seh' ich das Alphorn in die Lüfte steigen.

Und diese Burg: ein fabelhaftes Haus,
Als ob's ein Mönch gemalt in seinen Psalter!
Mich überwölbt die Decke dieses Bau's
Mit bunten Träumen aus dem Mittelalter.

Ein Hornesstoß! - es rasselt unter'm Thor,
Die Sporen klirren auf den Wendelstiegen; -
Dort, auf der Warte wehet, hoch empor,
Und schlägt die Lüfte, die den Habicht wiegen,

Des jungen Conradin Panier; es steht
Der Sonnenstrahl in seinen goldnen Falten;
Er kommt! - Er hat dem Reiher nachgespäht
Und auf der Faust das Federspiel gehalten. -

Jetzt auf die Zinne mit dem Arm gestützt
Blickt er hinab, vom blauen See gespiegelt;
Sein träumend Haupt vom Abend angeblitzt,
Von weichem Föhn Italia's umflügelt.

Italia's! - es kommt wie Gruß geweht,
Wie laue Bergesluft der Apenninen;
War's nicht wie süßer Harzesduft, wenn spät
Die Sonne noch den Pinienwald durchschienen? -

Er fährt empor - ein Falk, der Beute sieht, -
Das Herz hat Flügel und die Lüfte tragen!
Da liegt's, da glüht's, Apuliens Gebiet -
Und nun ein heiß, ein königliches Jagen:

„O Carl von Anjou - Anjou hüte sich!
Von diesen Alpen soll es niederkommen,
Wie jäher Bergsturz kommt es über dich,
Wie sturmgepeitschte Fluthen angeschwommen!"

„Verdammt, verdammt! - noch in dies blanke Schwert,
Ist keine Scharte klirrend eingehauen;
Laut wiehernd an der Krippe steht das Pferd,
Und muß am Halfter seinen Schaum zerkauen!" -

Er sendet glühend seine Blicke fort,
Der Alpenriesen vor ihm zu durchbrechen;
Sie aber stehen, düstre Warner, dort,
Wie Schilde behend ihre Gletscherflächen;

Ringsum die Wetter eingehüllt, das schwer
Um ihren Leib die Wolken niederhangen;
Blutrothe Blitze zucken daraus her,
Als sey's das Leuchten ihrer Gürtelspangen.

II

Das war vordem! jetzt schüttelt euch die Hand,
Ein grauer Rittersmann und spricht willkommen!
Und fragt nach jeder Burg in eurem Land,
Und weiß Geschichten, wie ihr nie vernommen!

Er kennt sie All' - der Welfenlöwe steht
Vor seines Auges leis verhülltem Sinnen;
Er steht des sechsten Heinrich Majestät
Den Reichs-Aar pflanzen auf Palermo's Zinnen:

Die Sänger kennt er, die ihr Haus gestellt
Einst auf den Bergen hier nach allen Seiten.
Er kann zu ihnen hin, wie's ihm gefällt,
Und sie zu ihm zum Morgenimbiß reiten.

Was sie gedacht, gedichtet, jedes Blatt,
Es ist als ihr Vermächtniß ihm geblieben:
Das Tuch von Barlaam und Josaphat
Hat ihm von Ems Herr Rudolph aufgeschrieben.

Der alte Meister Selde und ihr Leid
Sie haben's seinem - „Liedersaal" gesungen;
In alten Mähren ist ihm „viel gefeit" -
Da steht es selbst: Das Buch der Nibelungen!

Und so wie einst, so öffnet sich noch heut
Vor edlen Meistern seiner Thore Gitter:
Und wie ein Bild aus längstverschollner Zeit,
Tritt ernst der Sänger zu dem grauen Ritter.

Es ist ein Traum! - Neigt eure Stirne tief
Vor dieser Stirn, die eine Welt getragen!
Was in dem Herzen seines Volkes schlief,
Was in der Brust des Einzelnen geschlagen:

Der hat's gefühlt, gesungen und gesagt!
Der hat der Zeit ihr altes Recht gefodert,
Der hat das Wort, das flammende, gewagt
Das wie ein leuchtend Osterfeu'r gelodert.

Süß wie das Herz, das Couey's Knappe trug,
Entströmten die Gesänge seinem Munde,
Doch auch vernichtend wie der „Sängerfluch",
Scharf wie der Schwerthieb seiner „schwäb'schen Kunde."

Geräuschlos und bescheiden tritt er ein,
Demüthig fast, den Wanderstab zur Seiten;
Viel „sanfte Tage" lassen ihren Schein,
Ein rosig Wehn, um seine Stirne gleiten.

So kennt ihr ihn, geht er auch still einher:
Der Uhland ist es - prunklos, ohne Flitter.
Ein hoher Gast - doch auch ein Wirth, wie der! -
Gott segne beide - Laßberg heißt der Ritter.

*

Bezogen auf sein Wiedersehen mit der Droste schreibt Schücking in seinen „Lebenserinnerungen“: *Annette von Droste hatte ich auf der Meersburg in einem runden Thurmgemach, rechts vom Eingange in die Burg installirt gefunden, wo sie, von den Wohngemächern der Familie entfernt, wie eine einsame Thurmschwalbe träumend, sinnend, selten mit irgend einem nöthigen Briefe oder irgend etwas Anderem beschäftigt – „faul wie ein invalider Mops,“ sagte sie von sich selber – ihre meisten Stunden zubrachte. „Meine Schwester will mir auf meine Bitte“, hatte sie darüber in einem ihrer Briefe gesagt, „ein ganz abgelegenes Zimmer in ihrem alten weiten Schlosse, worin sich doch die wenigen Bewohner verlieren wie einzelne Fliegen, einräumen, ein Raum so abgelegen daß, wie Jenny einmal hat Fremde darin logiren und Abends die Gäste hingeleiten wollen, sie Alles in der wüstesten Unordnung und die Mägde weinend in der Küche getroffen hat, die vor Grauen daraus desertirt waren.“ Hier wäre denn volle Muße und Ruhe gegeben gewesen, ihren westfälischen Roman, das Buch „Bei uns zu Lande auf dem Lande“, wie sie beabsichtigte, zu Ende zu bringen. Aber sie zog es vor, zu sinnen, zu träumen, und wenn es hoch kam, einen nöthigen Brief in die Heimath zu schreiben, am Vormittag einmal eine kleine Reise über allerlei Corridore und Treppen in meinen Bücherthurm zu unternehmen und nach Tisch die Haupttagesaufgabe zu erledigen, den vom Arzt vorgeschriebenen weiten Spaziergang, auf dem ich sie dann begleitete, über die Höhen oder am Seeufer entlang.*

Wie auf den heimathlichen Kämpen Steine, wurden dann hier vom Strande die Früchte des schwäbischen Meeres aufgelesen – Muscheln, Schnecken, Tange – und mit dem großen schildpattgefaßten Augenglas gemustert, um endlich demselben Schicksal wie die Steine zu verfallen. Geplaudert wurde im langsamen Weiterschreiten von Menschen, von Büchern und von denen, welche sie schrieben; aber der liebe Gott hatte uns Beide nicht mit den Scheuklappen für Alles und Jedes, was nicht zum Fache gehört, auf die Welt kommen lassen, mit jenen Scheuklappen für Alles, was rechts und links von ihrem Wege liegt, die aus so manchen berühmten Leuten so herzbrechend langweilige Gesellen machen, weil nichts sie interessirt als ihr Ich und ihr Schaffen in Gegenwart, Vergangenheit und Zukunft. So wurde denn viel auch geplaudert von Vorgängen in der Heimath, von den Tagesinteressen, von befreundeten und bekannten Gestalten, und Annette wußte oft daran psychologische Zergliederungen zu knüpfen, welche ihren merkwürdigen Scharfblick in die Seelen der Menschen bewiesen. „Wenn Ihnen ein Ehegatte viel von seinem Glück spricht, so können Sie darauf schwören, daß beide leben wie Hund und Katze.“ Oder: „Schlimm sind die guten Menschen, die bereitwillig ein Unrecht eingestehen, und sich bessern wollen. Nur auf die Reue hartnäckiger Sünder ist Verlaß.“ – „Wenn Zwei sich lieben, glaubt immer der Eine des Anderen Liebe <sei> noch viel größer als die seine.“ – „Ein Aristokrat ist auch der ärmste Bauer. Etwas, davon er überzeugt, versteht er besser wie alle Anderen: dem Saatkorn den richtigen Wurf zu geben, oder einem spatlahmen Pferd zu helfen – in dem Ding ist er der Oberste.“ – Das waren die Bemerkungen, die, humoristisch gewendet, sich in ihr Plaudern flochten. Ich kam zuweilen, im Angesicht der riesigen Alpenbühne, auf meine Sehnsucht nach dem sonnigen Jenseits dieser hohen Scheidewand, nach dem Lande Italien, zu reden. Annette aber theilte diese Schwärmerei nicht im mindesten. Sie glaubte,

Kapellenturm, rechts vom Eingang zur Burg, oben ein von der Droste während ihres ersten Besuches bewohntes Zimmer

man werde von da grausam enttäuscht zurückkehren. Die Art von Idealität, welche am Großen, Prächtigen, Glanzumflossenen, von aller Welt Gepriesenen und Verherrlichten sich nährt, war nicht die ihre, und wie sie durch keine Namen sich imponiren ließ, so auch nicht durch den Klang des Wortes Italien.

Den Rückweg vom Seeufer nahmen wir zumeist über eine Höhe, durch einen Weinberg mit einem Winzerhäuschen darin, an dem gerastet wurde und wo der „geschäftige Pygmäe“, ein beredtsames Männlein mit einem Zöpfchen, der mit seiner ebenso alten Baucis da hauste, uns Trauben brachte – Annette hat in ihrem Gedicht „Die Schenke am See“ dem Orte ein Erinnerungsblatt gelassen.

Um sich gegenseitig anzuspornen, traten die Droste und Schücking in einen poetischen Wettstreit ein, der in einer folgenschweren Wette gipfelte: Hören wir erneut Schücking: *Daß das lyrische Gedicht ihr eigentlichster Beruf, war die Ansicht und Ueberzeugung, die ich <...> zu verfechten pflegte; <...> gewiß ist, daß sie sich in diesem Augenblick stark genug dazu fühlte, sie* <die Poesie> *herbei zu commandiren – daß sie in sich einen Reichthum des Gemüths, der Empfindung und der Gedanken fühlte, aus dem sie gewiß war, nur immer schöpfen zu können, ohne den Schatz zu mindern; eine Fülle lyrischer ‚Stoffe‘, die ja eigentlich und im Ganzen von ihr noch gar nicht angetastet und angebrochen war. Sie meinte deshalb mit großer Zuversicht, einen reputirlichen Band lyrischer Gedichte werde sie mit Gottes Hülfe, wenn sie gesund bleibe, in den nächsten Wochen leicht schreiben können. Als ich widersprach, bot sie mir eine Wette an, und stieg dann gleich in ihren Thurm hinauf, um sofort an's Werk zu gehen. Triumphirend las sie am Nachmittag bereits das erste Gedicht ihrer Schwester und mir vor, am folgenden Tage entstanden gar zwei, glaub' ich – meine Doctrin erhielt von nun an fast Tag für Tag ihre wohl ausgemessene und verdiente Züchtigung. So entstand in weniger Monate Verlauf, in jenem Winter von 1841-1842, die weitaus größte Zahl der lyrischen Poesien, welche den Band ihrer ‚Gedichte‘ füllen.*

So Schücking in „Annette von Droste. Ein Lebensbild“ (1862), und in seinen „Lebenserinnerungen“ (1886) ergänzte er: *Bei der oft angeregten Debatte, wo eigentlich der Schwerpunkt ihres Talents liege, für welche Art der Production sie sich concentriren solle, folgte sie endlich meinem Rath, weil dieser Rath mit der Aeußerung des Unglaubens an ihre Versicherung verbunden war, sie werde im Laufe der nächsten Monate einen ganzen Band lyrischer Gedichte aus dem Aermel schütteln können. ‚Das sollen sie sehen', sagte das selbstbewußte Fräulein und zog sich in ihren Thurm zurück, um das erste niederzuschreiben. In den nächsten Wochen entstanden nun ein und auch oft zwei Gedichte an einem Tage – sie wußte die Wette glorreich zu gewinnen.*

Erste Nachrichten vom Erfolg dieser Wette erhalten wir durch einen Brief Schückings an Freiligrath vom 14. Januar 1842. Darin berichtete er dem Freund, daß die Droste jeden Tag ein Gedicht verfasse und am Ende des Winters eine Gedichtsammlung herauszugeben gedenke. Am 9. Februar teilte er demselben Adressaten mit: *Die Droste unterbrach mich eben, indem sie in meinen Turm kam, um mir ihr Gedicht vorzulesen; täglich wird eines fabriziert; jetzt sind es schon 53, und wenn die 100 voll sind, sollen sie als Sammlung herausgegeben werden; einige wirst Du wahrscheinlich nächstens im „Morgenblatt" lesen; sie werden übrigens von Tag zu Tag besser. Sie grüßt Dich h e r z l i c h.* Am 6. März 1843 schrieb Schücking rückblickend an seine Braut Luise von Gall: *Daß sie* <die Droste> *jetzt eine bedeutende Sammlung Gedichte zum Druck vorbereitet, daran bin ich eigentlich schuld, denn ich habe ihr keine Ruhe gelassen, <...> auf der alten Meersburg <...> hat sie täglich ein oder zwei Gedichte liefern müssen.*

Bei der berühmten Meersburger Wette wirkte sich in besonderer Weise die Gabe der Droste aus, die Poesie gleichsam „herbeizitieren" zu können, ein Phänomen, das in ihrem Briefwechsel mit Schücking wiederholt diskutiert wurde.

Schücking kam dabei das Verdienst zu, die Droste immer wieder zu konzentriertem Arbeiten und Durchfeilen der Gedichte angehalten zu haben. Damals las die Droste *jeden Abend um Acht <...> Jenny und Schücking vor was ich den Tag geschrieben, sie sind Beyde sehr zufrieden damit, aber leider von so verschiedenen Geschmacke, daß der Eine sich immer über das am meisten freut, was dem Andern am wenigsten gelungen scheint, so daß sie mich ganz confus machen könnten, und ich am Ende doch meinen eignen Geschmack, als letzte Instanz, entscheiden lassen muß* (Brief an die Mutter vom 28. Januar 1842). Bei der Abschrift der Gedichte wurde die Droste von Jenny unterstützt.

*

Noch lange lebten auf seiten der Droste die Erinnerungen an den gemeinsamen Aufenthalt und die so fruchtbare Meersburger Schaffensphase fort. Die folgenden Zitate aus Briefen an Schücking haben indirekt noch mit der Meersburger Wette zu tun: *Säß mein liebstes Kind mir noch gegenüber, ich würde wieder zwey Gedichte täglich machen, <...>*; <die poetische Produktion> *rollte doch anders, wie wir jeden Abend vor einander triumphierten, <...>. Unser Zusammenleben in Rüschhaus war die poetischeste und das in Meersburg gewiß die heimischeste und herzlichste Zeit unseres beyderseitigen Lebens, und die Welt kömmt mir seitdem gewaltig nüchtern vor. <...>* (Brief vom 10. Oktober 1842). Und: <...> *die alte Burg und der See fallen mir doch hundertmahl ein, wenn ich die Regentropfen so an den trüben Scheiben niederrinnen sehe, und denke wie farbig, winterklar, und poetisch dort Alles war – wohl! wohl war es eine schöne Zeit! – und so Alles zusammen – die himmlische Gegend – die fast fabelhafte Burg – und drinnen die „fruchtbringende Gesellschaft" der alte Ritter, Sie, und ich – es waren „die schönen Tage von Aranjuez"* (Brief vom 17. November 1842).

Damals entstand in Meersburg mit rund 60 Gedichten der Grundstock für die zweite Gedichtsammlung der Droste, die durch Vermittlung Schückings im September 1844 bei Cotta erschien. Eine Auswahl der neu entstandenen Gedichte übersandte Schücking im Februar 1842 an die Redaktion des Cottaschen „Morgenblatts". Unter diesen Gedichten, die zum überwiegenden Teil im Laufe des Jahres 1842 im „Morgenblatt" erschienen und mit denen sich die Droste einen *merkwürdigen Namen* schuf, war auch ihr *Heidebild Der Knabe im Moor*, ihr bekanntestes Gedicht. Seltsamerweise gelang es der Autorin erst fern ihrer westfälischen Heimat, ihre westfälischen Stoffe zu gestalten. Schücking berichtete später Freiligrath, er habe der Droste diese Proben für das „Morgenblatt" *entreißen* müssen.

Der Knabe im Moor

O schaurig ist's über's Moor zu gehn,
Wenn es wimmelt vom Heiderauche,
Sich wie Phantome die Dünste drehn
Und die Ranke häkelt am Strauche,
Unter jedem Tritt ein Quellchen springt,
Wenn aus der Spalte es zischt und singt,
O schaurig ist's über's Moor zu gehn,
Wenn das Röhricht knistert im Hauche!

Fest hält die Fibel das zitternde Kind
Und rennt als ob man es jage;
Hohl über die Fläche sauset der Wind -
Was raschelt drüben am Haage?
Das ist der gespenstige Gräberknecht,
Der dem Meister die besten Torfe verzecht;
Hu, hu, es bricht wie ein irres Rind!
Hinducket das Knäblein zage.

Vom Ufer starret Gestumpf hervor,
Unheimlich nicket die Föhre,
Der Knabe rennt, gespannt das Ohr,
Durch Riesenhalme wie Speere;
Und wie es rieselt und knittert darin!
Das ist die unselige Spinnerin,
Das ist die gebannte Spinnlenor',
Die den Haspel dreht im Geröhre!

Voran, voran, nur immer im Lauf,
Voran als woll' es ihn holen;
Vor seinem Fuße brodelt es auf,
Es pfeift ihm unter den Sohlen
Wie eine gespenstige Melodey;
Das ist der Geigemann ungetreu,
Das ist der diebische Fiedler Knauf,
Der den Hochzeitheller gestohlen!

Da birst das Moor, ein Seufzer geht
Hervor aus der klaffenden Höhle;
Weh, weh, da ruft die verdammte Margreth:
„Ho, ho, meine arme Seele!"
Der Knabe springt wie ein wundes Reh,
Wär' nicht Schutzengel in seiner Näh'
Seine bleichenden Knöchelchen fände spät
Ein Gräber im Moorgeschwehle.

Da mählig gründet der Boden sich,
Und drüben, neben der Weide,
Die Lampe flimmert so heimathlich,
Der Knabe steht an der Scheide.
Tief athmet er auf, zum Moor zurück
Noch immer wirft er den scheuen Blick:
Ja, im Geröhre war's fürchterlich,
O schaurig wars in der Haide!

Eines der lokalbezogenen Meersburger Gedichte ist *Am Turme*, das emanzipatorische Anklänge aufweist:

Am Thurme

Ich steh' auf hohem Balkone am Thurm,
Umstrichen vom schreienden Staare,
Und laß gleich einer Mänade den Sturm
Mir wühlen im flatternden Haare;
O wilder Geselle, o toller Fant,
Ich möchte dich kräftig umschlingen,
Und, Sehne an Sehne, zwei Schritte vom Rand
Auf Tod und Leben dann ringen!

Und drunten seh' ich am Strand, so frisch
Wie spielende Doggen, die Wellen
Sich tummeln rings mit Geklaff und Gezisch,
Und glänzende Flocken schnellen.
O, springen möcht ich hinein alsbald,
Recht in die tobende Meute,
Und jagen durch den korallenen Wald
Das Wallroß, die lustige Beute!

Und drüben seh' ich ein Wimpel wehn
So keck wie eine Standarte,
Seh auf und nieder den Kiel sich drehn
Von meiner luftigen Warte;
O, sitzen möcht' ich im kämpfenden Schiff,
Das Steuerruder ergreifen,
Und zischend über das brandende Riff
Wie eine Seemöve streifen.

Wär ich ein Jäger auf freier Flur,
Ein Stück nur von einem Soldaten,
Wär ich ein Mann doch mindestens nur,
So würde der Himmel mir rathen;
Nun muß ich sitzen so fein und klar,
Gleich einem artigen Kinde,
Und darf nur heimlich lösen mein Haar,
Und lassen es flattern im Winde!

Die Reinschrift ihrer Meersburger Gedichte hatte die Droste ursprünglich noch in Meersburg abschließen wollen. Bis zur Fertigstellung des Manuskripts war es jedoch noch ein langer, dorniger Weg. Auf die damalige, inspirierte Phase folgte der schwierige Prozeß des Korrigierens, Verwerfens, Neuansetzens. Am 16. Februar 1843 schrieb die Autorin Schücking, daß das *Dichten und Corrigiren* noch immer kein Ende gefunden habe, sie wolle sich nun aber mit dem Vorhandenen zufriedengeben. Dann folgte jedoch noch ein weiteres, fast ganz durch Krankheit verschenktes Jahr.

Die Ausgabe von 1844 bescherte der Droste zwar keinen literarischen Durchbruch, verschaffte ihr aber in literarischen Kreisen Gehör. Schon am 2. August 1844, noch vor Erscheinen des Bandes, resümierte die Droste in einem Brief an August von Haxthausen: *Es ist seltsam wie man an Einem Orte (hier in Oberdeutschland, Sachsen, et cet) so gut angesehn, und zugleich an einem andern (Westphalen) durchgängig schlimmer als übersehn seyn kann! - ich muß mich mehr als ich es selber weiß der schwäbischen Schule zuneigen.*

Abschied von Schücking

Am 2. April 1842 verließ Schücking den Bodensee, um eine über Freiligrath vermittelte Hofmeisterstelle beim Fürsten von Wrede in Ellingen anzutreten. In seinen „Lebenserinnerungen“ schreibt er: *Am Ostern 1842 gab es einen sehr traurigen Abschied von der Meersburg und ihren Bewohnern. Ich durfte eine Stellung nicht ausschlagen, welche mir unter sehr günstigen Bedingungen und mit der Aussicht auf eine lebenslängliche Versorgung angetragen war* <...>.

Viele weitere Male beteuerte Schücking, wie schwer ihm dieser Abschied gefallen war. Bereits im Brief an Freiligrath vom 17. März 1842 hatte er angeführt, daß ihm bei dem Gedanken ans *Scheiden und Meiden* ganz *weich geworden* sei.

Vor Antritt seiner neuen Stelle reiste Schücking nach Stuttgart, um den Verleger Georg von Cotta zu treffen. Hier führte er erste Verhandlungen über einen Verlag der Droste-Gedichte bei Cotta. Auch ließ er die *Judenbuche* zurück, die vom 22. April bis zum 10. Mai 1842 in Cottas „Morgenblatt“ erschien.

Nach Schückings Abreise kam es zu einem vorübergehenden Versiegen der literarischen Produktion der Droste. Doch schon Ende April befand sie sich *wieder in der fruchtbaren Stimmung, wo die Gedanken und Bilder* ihr *ordentlich gegen den Hirnschädel pochten, und mit Gewalt ans Licht wollten.* In dieser Phase erreichte sie eine Bitte Schückings, der um Mithilfe bei einem Aufsatz über Westfalen für den Sammelband „Deutschland im 19. Jahrhundert“ bat. Zugunsten dieses Beitrages stellte die Droste ihr eigenes Gedichtschaffen unverzüglich zurück. Aus den skizzenhaften Entwürfen des Westfalenromans *Bei uns zu Lande* entstand – halb ungewollt – ein eigenes Werk, ihre *Westphälischen Schilderungen.*

Nach Abschluß dieser Arbeit hoffte sie, daß es nun *in einem Strome* so fortgehe: Sie schrieb Schücking: *Gedichte – Lyrisches, Balladen – Drama, – was weiß ich Alles! <...> wärst du noch hier, mein Buch wäre längst fertig, denn jedes Wort von dir ist mir wie ein Spornstich* (Brief vom 5. Mai 1842). Aus diesen weitläufigen Plänen wurde jedoch nur noch wenig. Aufgrund einer Erkrankung brachte die Droste in Meersburg lediglich noch die Abschrift der *Westphälischen Schilderungen* zum Abschluß.

№ 96.

Morgenblatt

für

gebildete Leser.

Freitag, den 22. April 1842.

Then we are in order, when we are most out of order.
Shakespeare.

Die Judenbuche.

Ein Sittengemälde aus dem gebirgigten Westphalen.

Von Annette E. Freiin von Droste zu Hülshoff.

Wo ist die Hand so zart, daß ohne Irren
Sie sondern mag beschränkten Hirnes Wirren,
So fest, daß ohne Zittern sie den Stein
Mag schleudern auf ein arm verkümmert Seyn?
Wer wagt es, eitlen Blutes Drang zu messen,
Zu wägen jedes Wort, das unvergessen
In junge Brust die zähen Wurzeln trieb,
Des Vorurtheils geheimen Seelendieb?
Du Glücklicher, geboren und gehegt
Im lichten Raum, von frommer Hand gepflegt,
Leg hin die Wagschal', nimmer dir erlaubt!
Laß ruhn den Stein — er trifft dein eignes Haupt! —

Friedrich Mergel, geboren 1738, war der einzige Sohn eines sogenannten Halbmeiers oder Grundeigenthümers geringerer Klasse im Dorfe B., das, so schlecht gebaut und rauchig es seyn mag, doch das Auge jedes Reisenden fesselt durch die überaus malerische Schönheit seiner Lage in der grünen Waldschlucht eines bedeutenden und geschichtlich merkwürdigen Gebirges. Das Ländchen, dem es angehörte, war damals einer jener abgeschlossenen Erdwinkel ohne Fabriken und Handel, ohne Heerstraßen, wo noch ein fremdes Gesicht Aufsehen erregte, und eine Reise von dreißig Meilen selbst den Vornehmeren zum Ulysses seiner Gegend machte — kurz, ein Fleck, wie es deren sonst so viele in Deutschland gab, mit all den Mängeln und Tugenden, all der Originalität und Beschränktheit, wie sie nur in solchen Zuständen gedeihen. Unter höchst einfachen und häufig unzulänglichen Gesetzen waren die Begriffe der Einwohner von Recht und Unrecht einigermaßen in Verwirrung gerathen, oder vielmehr, es hatte sich neben dem gesetzlichen ein zweites Recht gebildet, ein Recht der öffentlichen Meinung, der Gewohnheit und der durch Vernachläßigung entstandenen Verjährung. Die Gutsbesitzer, denen die niedere Gerichtsbarkeit zustand, straften und belohnten nach ihrer in den meisten Fällen redlichen Einsicht; der Untergebene that, was ihm ausführbar und mit einem etwas weiten Gewissen verträglich schien, und nur dem Verlierenden fiel es zuweilen ein, in alten staubigten Urkunden nachzuschlagen. — Es ist schwer, jene Zeit unparteiisch in's Auge zu fassen; sie ist seit ihrem Verschwinden entweder hochmüthig getadelt oder albern gelobt worden, da den, der sie erlebte, zu viel theure Erinnerungen blenden und der Spätergeborene sie nicht begreift. So viel darf man indessen behaupten, daß die Form schwächer, der Kern fester, Vergehen häufiger, Gewissenlosigkeit seltener waren. Denn wer nach seiner Ueberzeugung handelt, und sey sie noch so mangelhaft,

Die Briefe der Droste an Schücking aus der ersten Nachmeersburger Zeit sind voller vertraulicher Wendungen. Als Beispiel ihr Brief vom 5. Mai 1842: *ich habe schon zwey Stunden wachend gelegen, und in einem fort an dich gedacht, ach, ich denke immer an dich - immer,* <...> *schreib mir nur oft – mein Talent steigt und stirbt mit deiner Liebe – was ich werde, werde ich durch dich und um deinetwillen, sonst wäre es mir viel lieber und bequemer mir innerlich allein etwas vorzudichten.* <...> *– Wir haben doch ein Götterleben hier geführt* <...>. Nur allzugern wurde aufgrund solcher Zeugnisse die Beziehung der Droste zu Schücking zu einer romantischen Liebesbeziehung verklärt. Die Wirklichkeit sah jedoch anders aus. Schücking schätzte die Droste als seine *allerliebste Seelenfreundin*; an eine darüber hinausgehende Beziehung war jedoch nicht zu denken. Seiner Braut schrieb er offen: *es gibt kein innigeres und wohltuenderes Verhältnis wie das zwischen ihr* <der Droste> *und mir, wie es kein angenehmeres Leben für mich gegeben, wenn ich bei ihr auf ihrem einsamen Waldschlößchen mich habe verwöhnen lassen* <...>. *Sie brauchen deshalb nicht eifersüchtig zu werden, meine teure Braut, wenn es Ihnen dessen auch wert scheinen sollte. Die Droste wird stark in den Vierzigern sein, und sieht noch älter aus, weil sie kränklich ist: da kann man jemanden wohl sehr lieb haben, aber – eifersüchtig braucht man doch nicht darauf zu sein* (Brief vom 11. Dezember 1842).

*

Mit Schückings Abreise am 2. April hatte die Droste ihren nächsten literarischen Ansprechpartner verloren. Wenn sie ihm später schrieb: *Hier* <in Meersburg> *gehts einen Tag wie den Andern, – das Gespräch dreht sich ohne Abwechslung um die Kinder, die Blumen, die Vögel, und die Manusskripte* (Brief vom 7. Juli 1842), so brachte sie damit auch zum

Ausdruck, wie wenig Anteil andere an ihrem literarischen Schaffen nahmen. Etwa zwei Jahre später klagte sie in gleicher Tonlage ihrer Meersburger Freundin Philippa Pearsall: *Es geht mir wie Ihnen, Philippa, ich habe Niemanden, der mich zum Wetteifer anregt; <...> ich habe Niemanden, der sich so recht für meine Arbeiten interessirt.* Und in einer anderen

Im Burggarten

Briefstelle: *ich bin sehr fleißig, lese, lerne, zeichne, habe aber zum Dichten erst die halbe Stimmung wieder gewonnen, – ich finde eben keine Theilnahme, weiß nicht wem ich Freude damit machen könnte, und so möchte ich es lieber blos denken, –* <...> (Brief an Levin und Luise Schücking vom 20. Juni 1844).

Die Isolation der Dichterin verdeutlicht auch ein Brief Jennys an Schücking vom 4. November 1842: *Nette schreibt mir daß ihre Gedichte bald fertig seien, und sie sowohl vom Geyerpfiff als auch von der Judenbuche sehr gute Rezensionen gelesen habe, das freut mich, da es ihr Muth machen wird, die Gedichte herauszugeben; reden Sie ihr doch auch zu daß sie es thut; wäre sie hier geblieben, so hätte ich sie wohl antreiben wollen, aber jetzt ist niemand um sie der sich recht dafür interessirt; ich kann Ihnen nicht sagen wie ungern ich Nette verloren habe, und auch sie ging ungern* <...>.

*

Ende Juli verabschiedete sich die Droste von Meersburg. Am 29. Juli 1842 ging es über Schaffhausen, Stockach, Tübingen, Stuttgart, Heidelberg, Mannheim, Mainz und Bonn heimwärts.

Erneut in Meersburg

Bereits etwa ein Dreivierteljahr nach der Rückkehr war im Familienkreis erneut von Plänen zu einem Besuch der Droste in Meersburg die Rede. In ihrer nächsten Einladung führte Jenny halb entschuldigend an, daß sich Laßberg nun mehr als früher für die Gedichte der Droste interessiere. Im nächsten Brief, einen Monat später, berichtete sie, daß *Die Schenke am See* in Meersburg *viel Sensation* mache.

Diesmal kam die Reise ohne große Hindernisse zustande. Erneut hatte es die Droste eingerichtet, daß sie in richtiger Begleitung war: Elise Rüdiger konnte mit von der Partie sein. Am 28. Juli 1843 wurde sie offiziell von Jenny zur Mitreise eingeladen.

So erfolgte die Abreise am 20. September – in Begleitung der Mutter – zu dritt. Nach der üblichen Zwischenstation in Bonn traf man am 3. Oktober in Meersburg ein. Die Droste wurde *jetzt in das neue Turmzimmer logiert*, das beim ersten Besuch für Schücking ausgebaut worden und jetzt möbliert war.

Briefliche Nachrichten vom Aufenthaltsort liegen zunächst nur spärlich vor, weil ja zwei der wichtigsten Briefpartner der Droste mit anwesend waren. Aus dem Tagebuch Jennys ist aber zu ersehen, daß die Programmpunkte im wesentlichen denen des ersten Aufenthaltes glichen. Am häufigsten sind Besuche im Meersburger „Museum“, im Gasthof „Zum Frieden“ und in der „Figeley“ erwähnt. Natürlich wurden auch wieder ausgedehnte Spaziergänge am Seeufer unternommen. Nach Elise Rüdigers Abreise am 14. Oktober setzte die Droste diese Wanderungen allein fort.

Auch hinsichtlich des persönlichen Umgangs hatte sich wenig geändert, wenngleich die Meersburger Romantik von 1841/42 zusehends abzubröckeln begann, wie aus einem Brief an Schücking vom 14. Dezember 1843 hervorgeht: *Ich bin recht gern hier, obwohl außer Laßberg und Jenny, der alten Burg und dem See, eben Alles anders ist wie vor'm Jahre, als läge ein Decenium dazwischen, – lauter neue Domestiken, außer Augusten und dem alten Fasser, der noch immer seinen Kopf aus dem Guckloche unter der blutigen Hand hervor streckt, – die Kinder sehr langbeinig und verändert, Hildel auch moralisch sehr zu ihrem Vortheile, äußerlich Beyde durch Zähne und eine hübsche Haartracht – das Kesselsche Institut fort, nach Karlsruhe verlegt, am neuen Schlosse alle Läden zu, nichts als Gefangene und Ratten darin, – der unermüdliche Matre de plaisir, Stiele, in Constanz verheurathet, nur einmahl, mit dem Dampfboote, als sehr dicker ernster Hausvater sichtbar geworden. – Doktor Luschka und der Physikus beyde fort, – das Liebhabertheater aufgelößt – Mama hier, und im untern Stock drey Zimmer für sie eingerichtet, die mir wie ein ganz neues Stück Welt vorkommen, – Figel fast banquerout, will sein Häuschen verkaufen, Niemand besucht ihn mehr, wir sind nur einmahl aus alter Erinnerung hingegangen, fanden Niemand dort, und konnten kaum Etwas erhalten, sein Zöpfchen steht vor Melancholie ganz schief, während seine gezwungenen Späße in der traurigen Lage einen unheimlichen Eindruck machen, und ich nicht wieder habe hingehn mögen – meine alte Trödlerin banquerout gemacht – <...> mein früheres Zimmer, so wie das Ihrige jetzt als Fremdenzimmer immer verschlossen, also für mich so gut wie gar nicht mehr da, eben so die Gewölbe, in denen wir herum kletterten, und Ihr Thurm zimmer, in dem Sie den La Fleur und das Stiftsfräulein schrieben, – in beyde Letztere habe ich, bey einer allgemeinen Hausschau, mahl einen Blick gethan, und es war mir wie „eine Geschichte vergangener Zeiten" – Das sind doch viele Veränderungen für ein kurzes Jahr! denn grade ein Jahr nach meiner Abreise bin* *ich wieder hier eingezogen. – Freylich ist auch Manches geblieben, vor Allem heimelte mich das Speisezimmer an, – Alles als wärs gestern – das kleine Kanapee am Ofen unter dem die Lachtauben gurren, – das Klavier, ganz mit denselben Notenblättern, die ein Jahr Rast gehalten – Laßbergs Nolimetangere-Winkel, – die alte Uhr auf dem Schreibtische, die immer Zwölf schlägt. – dort ist die Zeit eben so unbegreiflich still gestanden, wie sie anderwärts unbegreiflich gerannt ist. – Herr Hufschmid (um keinen Tag älter geworden) kömmt noch jeden Abend im selben braunen Rocke, spielt langen Puff, und bittet uns, nicht zu früh aufzustehn – und jeden Nachmittag geh ich meine alten Wege am Seeufer – zwar mutterseelen allein, aber doch vergnügt, weil mich nichts stört, nicht mahl ein neuer Rebfahl, – Ungestörtheit habe ich überhaubt hier, so viel mein Herz verlangt, ich bin in meinem Thurm wie begraben, und komme nur hervor, wenn ich, nach dem Läuten des Dampfboots, alte Freunde habe die Steig herauf traben gesehn, was aber selten vorkömmt. Herr v. B a u m b a c h ist ganz fort, nach Karlsruhe gezogen, Gaugrebens waren einmahl hier, S t a n z ein paarmahl, und erkundigte sich sehr eifrig nach Ihnen (er hat Jenny'n eine sehr schöne Scheibe geschenkt, gothische Bogenhallen, darunter eine Frau, mit zwey Kindern in blauen und rothen Kleidchen) – sonst waren Besuche genug hier, meistens fremde Gesichter und Namen, und mir nur sichtbar wenn sie über Tisch blieben.*

*

Wie schon 1841/42 wurde der Besuch durch mehrere kleine Ausflüge unterbrochen. Vom 25. November an war die Droste für zwei Wochen Gast der Familie von Gaugreben auf Schloß Berg, im Mai 1844 für vier Tage bei den Pearsalls auf Schloß Wartensee. Ende Juni/Anfang Juli folgte ein dreitägiger Besuch bei Charlotte von Salm-Reifferscheidt auf Schloß Hersberg.

Obwohl sich das „Liebhabertheater“, wie wir hörten, aufgelöst hatte, brauchte die Droste nicht auf die liebgewonnenen Theaterfreuden zu verzichten. Anfang des Jahres 1844 war für Ersatz gesorgt: *Meersburg fängt übrigens seit Kurzem an sich heraus zu machen*, schreibt sie an Luise Schücking, *wir haben ein Theater, und – denken Sie! – ein s e h r g u t e s. – Das Local ist allerdings lächerlich elend, – eine große Tanzstube im wilden Manne (Levin kennt ihn, dem Schiffe gegenüber) wo die Schauspieler zwey Fuß über dem Boden agiren, – und doch mit den Federbüschen die Decke fegen, – aber die (zwölf Mann starke) Truppe ist wirklich gut, und im Lustspiel sogar vorzüglich, <...> – so habe ich, seltsamer Weise, Gelegenheit wöchentlich dreymal für 24 Kreuzer einen Komiker zu sehn, bey dessen Auftreten noch vor drey Jahren in Dresden die Preise erhöht wurden. – Dergleichen romantische Wunderlichkeiten können nur in Meersburg passiren, sie gehören zum wunderlichen alten Schlosse mit dem wunderlichen alten Gerümpel darin, zu Laßberg, den Alpen, und dem Herrn Figel (der N.B. auch wieder aufblüht d.h. seine Schulden bezahlt, und wieder con amore mit seinem Zöpfchen wedelt)* (Brief vom 14. März 1844). Etwa zehn Theaterbesuche der Droste lassen sich nachweisen. Zu einigen Stücken fertigte sie Notizen an, die im Nachlaß überliefert sind.

*

Vom 22. November 1843 liegt in einem Brief an Elise Rüdiger ein erster ausführlicher brieflicher Zwischenbericht über den Meersburg-Besuch vor. Darin erinnert sich die Droste auch an die zuvor mit der Freundin gemeinsam genossenen Freuden: *Ich bin indessen noch keinen Tag von Ihnen getrennt gewesen, alle Nachmittage um drey (außer vorgestern wo es hart regnete) habe ich an unserem Strande gesessen, der mir durch Sie so lieb geworden ist, daß keine andere Erinnerung* *neben Ihrem lieben Gesichtchen dort ein Haarbreit Raum findet. – Es hat mich ein paarmahl selbst überrascht, wenn beym zufälligen Zurückblicken mir Einer meiner alten Lieblingsplätze ins Auge fiel, wie ich so alle Tage dran her trotte, als wärens Laternenpfähle oder Rebstöcke, O vanitas vanitatum! – Ich habe auf unserm Kiesgrund noch schöne schöne Dinge gesehn, und das Herz hat mir ordentlich geblutet daß Sie nicht da waren, – zweymahl ein Alpenglühen, wogegen das frühere gar nicht in Betracht kam, <...>.*

Aus dem nächsten Brief an Elise Rüdiger vom 5. Januar 1844 ist Weiteres zu erfahren: *Wir leben hier so ruhig voran, ohne sonderliche Abwechslung, – Ich sitze wie eine Maus im Loche in meinem Thurme, und knuspere eine Nuß nach der andern aus Laßbergs Bibliothek, zuweilen mit recht harter saurer Schale, und auch der Kern erinnert mich oft an unsrer lieben Vorfahren rohe Eicheln, aber was thut man nicht der Ehre wegen! – Droben gehts derweil bunt zu, die gelehrten Besuche treten sich fast einander die Schuhe aus, wovon ich mir denn nachher bey Tische erzählen lasse, und bis jetzt noch keinen Namen gehört habe der es mir leid machte daß ich nicht zur Hand war. – lauter Professoren X. Y. und Z. – Mir fehlt hier gar nichts wie Sie, aber Sie fehlen mir arg, und ich kann kaum ein Dampfboot aus meinem Fenster heranbrausen sehn, ohne in Gedanken nach meiner L o r g n e t t e zu greifen, ob Sie vielleicht auf dem Verdecke stehn; <...> – Wir haben jetzt Schnee, ich folglich Anlage zum Rheumathismus, und habe seit vierzehn Tagen meine lieben Gänge am Strande aufgeben müssen, aber der See liegt unter meinem Fenster, und jeden Nachmittag sind sie meine Fata Morgana.*

Dann rückte anderes in den Brennpunkt der Briefe, die unmittelbare Vorbereitungsphase der zweiten Gedichtausgabe. Für so ausführliche Meersburger „Stimmungsbilder“ und die Schilderung „seelischer Befindlichkeiten“ blieb kaum noch

Platz. Eine Ausnahme in der dichten Folge von Briefen bildet das schon erwähnte Schreiben an Luise Schücking vom 14. März 1844: *der Frühling scheint so langsam zu kommen, und ich fürchte Sie treffen die Gegend* <bei einem geplanten Besuch der Schückings in Meersburg im Frühjahr> *noch im halben Negligée, was mich doch ärgern würde, denn sie kann*

Im Burggarten

süperbe Toilette machen, das kann ich Sie versichern! – doch spürt man auch den Winter hier weniger als anderwärts, das immer lebendige rollende Gewässer und die immer gleich grau durchklüfteten Alpen ersetzen Vieles. Mein Thurm ist köstlich, d.h. meinem Geschmacke nach – einsam, graulich, – heimliche Stiegen in den Mauern – Fensterscheiben mit Sprüchen von Gefangenen eingeschnitten – eine eiserne Thür die zu Gewölben führt wo es Nachts klirrt und rasselt – und nun drinnen mein lieber warmer Ofen, – mein guter, großer Tisch mit Allem darauf, was mein Herz verlangt, Bücher, Schreibereyen, Mineralien, – und als Hospitant mein klein Kanarienvögelchen, das mir aus der Hand frißt und die Federn verschleppt. – o, es ist ein prächtiges Ding, der runde Thurm! ich sitze darin wie ein Vogel im Ey, und mit viel weniger Lust heraus zu kommen, – mein Wachtelhündchen habe ich abgeben müssen, – Laßberg meinte es würde endlich Flöhe bringen, obwohl es noch so rein und seiden war wie eine Boa von petitgris – es ist mir leid gewesen, aber mein Vögelchen ist auch gut, und singt unendlich besser als Ali so oft die Glocken läuteten. – Sie sehen, ich thue dick mit meinen Schätzen, aber das muß man reichen Leuten schon übersehn!

<...> da ich keine Besuche mache, in meinem Thurme keine annehme und bey den Besuchen droben im Hause nur zufällig zugegen bin, so bleibe ich denn auf die wöchentlichen Zusammenkünfte mit der Salm reducirt. – es ist mir aber auch genug so, ich habe zu arbeiten, auszuruhn, und viel viel zu denken nach Augsburg und Münster hinüber, <...>.

Schon aus dem Juni 1844 stammt die folgende Schilderung in einem Brief an Levin Schücking: *Ich wollte übrigens, ich käm erst wieder recht ans Schreiben, ich habe seit einigen Tagen enorme Lust dazu, aber durchaus keine Zeit, – so lange dieser nerveuse Husten anhält, darf ich nicht, weil es ihn sehr verschlimmert, und dann gehen die Vorqualen der Abreise schon an, das Packen meiner verschiedenen Kisten, und die Abschiedsbesuche nach Berg, Herschberg und Wartensee (Gaugreben, Salms, Persals) – nach jedem Orte für mehrere Tage, – auch noch nach Constanz und Bischofszell, – mir wird schon im voraus schwarz vor den Augen, – es ist doch traurig, daß Einem überall die letzte Zeit, die man grade noch recht voll und friedlich genießen möchte, so verdorben wird!*

Südostansicht, links unten der Droste-Turm

Wie ein Resümee des Besuches liest sich der Brief der Dichterin an ihren Onkel August von Haxthausen vom 2. August 1844: *Wir erwarten hier täglich Wernern, der uns abholen, in den ersten Tagen dieses Monats hier, und vor Ende desselben wieder in Hülshoff seyn will, <...>. überhaupt wird Einem jedes Wiedersehn immer lieber je mehr man im Leben die Ungewißheit desselben kennen lernt. Darum gehe ich auch,* *trotz meines Verlangens nach Hause, doch betrübt von hier, obwohl ich, außer zwey Damen, (Der Fürstin Salm, geborner Hohenlohe, und einer Engländerin) die noch obendrein ziemlich entfernt wohnen, gar keinen Umgang habe, aber ich habe jetzt zweymal ein ganzes Jahr hier zugebracht, ein paar recht schöne friedliche Abschnitte meines Lebens, wo ich viel gearbeitet und mich mit jedem Fleckchen der Umgegend eingewöhnt habe, und Gott weiß ob ich wieder her komme.*

Der See „in seiner tollsten Laune"

Bei einem der Spaziergänge am Ufer des Sees ereignete sich ein kleines *Abenteuer*, das die Droste in der ihr eigenen Lebhaftigkeit im Brief an Elise Rüdiger vom 22. November 1843 nacherzählt. Die Schilderung bietet uns zugleich ein kleines Persönlichkeitsporträt der Dichterin:

Auch der See hat noch ein paarmahl sein Bestes gethan an Grüne und Schmelz, und einen Sturm habe ich erlebt, o, einen Grospapa aller Stürme! und habe Gott gedankt daß ich ihn allein überstehn mußte, – es war in der zweyten Woche nach Ihrer Abreise, ich hatte einen langen Spatziergang, weit über Haltenau hinaus, gemacht, und mich eben zum Rückwege gewendet, als ein wahres Teufelswetter losbrach, – ohne Regen nur Sturm, aber um Berge zu versetzen, – bey jedem Ruck faßte er mein dickes wattirtes Kleid, und wollte mich über die Mauer reißen, so daß ich gleich bergan in die Reben flüchten mußte, wo ich mich kümmerlich an den Pfählen fortlawirte bis Haltenau, und dort wie ein verunglückter Luftballon ins Haus mehr plumpste als flatterte, nämlich mit halbem Ueberstürzen, was sich wahrscheinlich eher mitleidswerth als graziös mag ausgenommen haben, die dicke Rebfrau konnte auch mit ihrem „b'hütis Gott! b'hütis Gott!" gar nicht aufhören, und meinte, sie würde jetzt „um fünf Gulden" nicht über die Mauer nach Meersburg gehn – was half das Alles! ich mußte doch nach Hause, obwohl das Wüthen draußen mit jeder Minute ärger wurde, – so gieng ich wieder los, und versuchte als letzten Ausweg mich gleich den Berg hinauf zu arbeiten, wo ich, schlimmsten Falls, doch nur bis in die nächsten Rebpfähle geschleudert werden konnte, – freylich, wenns mit Vehemence geschah, immer gefährlich genug, und zudem hätte ich, wie sie wissen, Klippenwände passiren müssen, – vielleicht wars gut daß der Versuch mislang, – es war keine Möglichkeit, bey jedem Schritt höher konnte mich der Wind derber packen, ich mußte mehr kriechen als gehn, und bey jedem Ruck niederhocken, um nicht weggerissen zu werden, – also wieder bergab! – doch blieb ich zwischen den Reben, etwa dreißig Fuß über dem Mauerwege, – es war eine gräuliche Arbeit, – ich habe über eine Stunde gebraucht; die meiste Zeit saß ich in einem Klümpchen dicht zusammen und wartete die Pausen der Stöße ab, um dann zehn oder zwölf Schritte voran zu arbeiten. – was wir zusammen erlebt haben kann Ihnen nicht mahl einen schwachen Begriff davon geben, – aber der See war unbeschreiblich schön, so durchsichtig und in allen Farben wechselnd, wie ich davon vorher keinen Begriff gehabt, – die Sonne warf durch Wolkenlücken ein prächtiges falsches Licht darauf, und ich wurde fast geblendet durch das Blitzen der Springwellen, die unter mir wie eine endlose Reihe Fontainen aufstiegen, und zwar nicht wie wir es kennen nur diesseits der Mauer, sondern wenigstens vierzig Fuß höher, weit über mir und meinen Rebstöcken, niederplatschten, so daß ich nach ein paar Minuten keinen trocknen Faden mehr am Leibe, und mein Rock sich in einen gefüllten Schwamm verwandelt hatte, der mich niederzog wie Bley. Ich kann Ihnen sagen, Elise, daß ich froh war, als ich das Thor über mir und meine bedenkliche Fahrt sich in eine klatrige durch die Unterstadt verwandelt hatte, – noch einmahl hatte ich einen schweren Stand, die Stiegen hinauf, wo der Wind wieder alle Macht hatte, und besonders auf der langen, schmalen Brücke über den Mühlrädern, wo ich einmahl keinen andern Rath wuste als mich platt hinzuwerfen, und doch wohl herab geweht wäre, wenn nicht der Müller, der auch grad genöthigt war die Brücke zu passiren, mich am Boden festgehalten und dann auch die letzte Stiege hinaufgeleitet hätte; Als ich ins Schloß kam, schnatternd, und einen nassen Streifen hinter mir lassend wie ein geschwemmter Hund, ward ich auch empfangen wie ein armer Hund, – es mislang mir in mein Zimmer zu schlüpfen, Laßberg stand zufällig im oberen Flur, und erhob ein solches Geschrey „Um Gotteswillen! wo kommen Sie her! was haben Sie gemacht! was denken Sie auch!" daß ich gleich auf eine sehr unerwünschte Weise en famille gerieth, – Mama war anfangs wirklich böse, glaubte mir aber doch sogleich, daß ich bey ganz leidlichem spatzierfähigem Wetter ausgegangen sey, – Laßbergen konnte ich mich nicht begreiflich machen, er war tauber wie gewöhnlich, und ich habe ihn mitten in seinen Exclamationen über meine Unvernunft müssen stehn lassen, denn mich fror erbärmlich – Jenny sagte nichts, aber sie bestellte sogleich einen heißen Krug und Thee, nahm mich dann beym Arm und brachte mich in meinem Zimmer zu Bette, – meinen dicken Rock habe ich acht Tage lang nicht anziehn können, so lange hat er auf dem Boden trocknen müssen. – Da mir das Abentheuer nicht geschadet hat, ists mir doch lieb den See einmal in seiner tollsten Laune gesehn zu haben, um so mehr da es nur für einmahl im Leben ist, denn ein anderes Mahl werde ich mich hüten! – ich mag die Lachsforellen und Gangfische viel lieber essen als von ihnen gegessen werden, und es würde mir sogar wenig Trost bringen, wenn statt ihrer meine Lieblinge die Möven mich aufpickten.

Eine andere schöne Bodensee-Episode findet sich im Brief an Schücking vom 14. Dezember 1843:

Was ich in meiner Einsamkeit treibe? – ich lese, beendige die Abschrift meiner Gedichte, und sehe mir in der Dämmerung über den See das Abendroth an, was eigends mir zu Liebe in diesem Jahre unvergleichlich schön glüht, – ich wollte, Sie könnten's mit ansehn, – auch der See und die Alpen waren im September und Octobre fast täglich mit Tinten überhaucht, von denen ich früher keine Vorstellung gehabt, – alle Zacken der Alpenreihe roth wie glühendes Eisen, und scheinbar durchsichtig, – andre Mahle der See vollkommen schma-

ragdgrün, auf jeder Welle einen goldnen Saum. – Es ist mir unbegreiflich, daß ich habe ein rundes Jahr hier seyn können, ohne daß nur E i n solcher Moment eintrat, und jetzt war es mindestens ein um den andern Tag, und ich habe mir fast die Augen schwach daran gesehn. – Ach, es ist doch eine schöne schöne Gegend! Sie kennen sie nur noch gar nicht in ihrem beau jour – Sie sehn, die Natur thut Alles, mir an Poesie von Außen zu ersetzen, was mir in den Mauern fehlt, – <...>.

Arbeitszimmer der Dichterin

Zwei neue Freundinnen

Elise Rüdiger hätte eigentlich im April/Mai 1844 erneut nach Meersburg kommen sollen, ein Reiseplan, der sich jedoch zerschlug. Dafür taten sich für die Droste nahe am Ort zwei neue Bekanntschaften auf. Sie konnten ihr die münsterische Freundin zwar nicht ersetzen, sorgten aber für die notwendige geistige Abwechslung.

Die bereits erwähnte Charlotte von Salm-Reifferscheidt (geb. 1808), die auf Schloß Hersberg wohnte, hatte die Droste zwar schon während ihres ersten Meersburg-Besuches kennengelernt, doch fand die Beziehung erst jetzt, beim zweiten Aufenthalt, eine Vertiefung. Während des dritten und letzten Besuches der Droste am Bodensee wurde ihr diese Freundin zu einer fast unentbehrlichen Stütze.

Allzu häufig sah man sich allerdings nicht: es *liegt leider ein Stückchen Weges zwischen uns was mich doch für die meiste Zeit auf meine gewohnte Einsamkeit beschränkt, – die <...> Fürstin Salm, anderthalb Stunde von hier, kömmt jeden Sonntag, ist eine sehr gute und durchaus fein gebildete Frau von etwa 36 Jahren, – eine geborne Hohenlohe, – mahlt sehr hübsch – ließt viel – ist passionirt für Musik – und möchte mich, da sie furchtsam im Fahren ist, viel lieber auf einige Zeit herüber verlocken, als jeden Sonntag unter Stöhnen und Zittern den Berg hinan fahren – ich habe aber keine Zeit, und weiß wohl, was es mit den schönen Redensarten von „ganz ungenirt, ganz für sich soviel man will, seyn" auf sich hat, – man kömmt doch zu nichts. – sonst habe ich sie sehr gern, und freue mich schon am Samstag auf ihren Besuch* (Brief an Luise Schücking vom 14. März 1844).

Im selben Brief kommt die Droste auch auf ihre zweite Meersburger Freundin, das um 27 Jahre jüngere englische Adelsfräulein Philippa Swinnerton Pearsall, zu sprechen. Ihr

Vater, Robert Lucas Pearsall of Willsbridge (1795-1856), hatte im Jahr 1825 aus Gesundheitsgründen England verlassen müssen und sich 1842 Schloß Wartensee bei Rorschach am Bodensee gekauft.

Zur Bekanntschaft war es am 18. Februar 1843 gekommen, als Philippa und ihr Vater sieben Tage Gäste des Alten Schlosses waren. Die Droste las Philippa damals aus ihrem Gedichtzyklus *Das Geistliche Jahr* vor. Robert Pearsall unterhielt mit einer Gespenstergeschichte, die die Droste später als Stoff für eine Erzählung im „Morgenblatt“ verwerten wollte. Im erwähnten Brief an Luise Schücking schreibt die Droste: *Noch lieber* <als die Fürstin Salm> *ist mir die Andre, Miss Philippa Persal, Tochter eines englischen Baronets, der sich im Canton St Gallen angekauft hat – ein höchst geniales, liebenswürdiges Mädchen von zwanzig Jahren, in der eine tüchtige Mahlerin und Gesangs componistin steckt, – sie entwirft ganz reizende Skizzen, sowohl im Genre als nach der heiligen Geschichte, ist von ihrem Vater, einem orginellen Musikenthusiasten, in alle Geheimnisse des Contrapuncts eingeweiht, und singt ihre einfachen aber rührenden Compositionen mit einer wunderbar tiefen erschütternden Stimme, – hübsch ist sie nicht, aber sehr angenehm, bescheiden und geistreich, und so frisch in allen ihren Gefühlen, daß es Einem wohltut nur ihr Gesicht zu sehn wenn sie Etwas interessirt. – Die Gelegenheit wird bestimmen, ob sie noch mahl einen bedeutenden Ruf erlangen, oder ihre Talente halb ausgebildet fürs Haus verbrauchen wird. – Es wär Jammerschade, wenns beim Letzten bleiben müßte!*

Weniger freundlich war die Vorstellung Philippas im Brief an Elise Rüdiger vom 5. Januar 1844. Hierbei fiel sicher mit ins Gewicht, daß die Droste ihre empfindliche münsterische Freundin nicht eifersüchtig machen wollte: *Philippa Persall habe ich auch kennen lernen, sie war mit ihrem Vater eine*

Woche hier – ist wirklich höchst interessant, obwohl häßlich, aber voll Talent, Geist und Leben, und ihre junge originelle Kraft hat mir einen recht erfrischenden Eindruck gemacht, – aber sie ist fast ein Kind überhaubt, und gegen mich vollends, – ein Wesen daß man mit Freude betrachtet, ohne im Mindesten an einen eigentlichen Berührungspunkt zu denken, zudem wohnen sie weit von hier, – ein solcher Besuch ist allemahl für ein ganzes Jahr, – sie ist also an mir vorüber geschwebt wie die Heldin eines Romans, die lebt, solange man liest, und dann ins Blaue zerrinnt. – Aber mein Lies habe ich wirklich, durch 1000 Fäden gegenseitiger Treue, gleicher Ansichten, gleicher Erlebnisse an mich geknüpft, und das bleibt mir auch, bis meine ohnedies halbblinden Augen gar nichts mehr sehn.

*

Die Droste widmete Philippa Pearsall zwei Gedichte: *An Philippa (Wartensee, den 24. Mai 1844)* und das Abschiedsgedicht *So muß ich in die Ferne rufen.*

An Philippa
(Wartensee, den 24. Mai 1844)

Im Osten quillt das junge Licht,
Sein goldner Duft spielt auf den Wellen,
Und wie ein zartes Traumgesicht
Seh ich ein fernes Segel schwellen;
O könnte ich der Möwe gleich
Umkreisen es in lust'gen Ringen!
O wäre mein der Lüfte Reich,
Mein junge, lebensfrische Schwingen!

Um dich, Philippa, spielt das Licht,
Dich hat der Morgenhauch umgeben,
Du bist ein liebes Traumgesicht
Am Horizont von meinem Leben;
Seh deine Flagge ich so fern
Und träumerisch von Duft umflossen,
Vergessen möcht' ich dann so gern,
Daß sich mein Horizont geschlossen,

Vergessen, daß mein Abend kam,
Mein Licht verzittert ‚Funk' an Funken,
Daß Zeit mir längst die Flagge nahm
Und meine Segel längst gesunken;
Doch können sie nicht jugendlich
Und frisch sich neben deinen breiten,
Philippa, lieben kann ich dich
Und segnend deine Fahrt geleiten.

So muß ich in die Ferne rufen

So muß ich in die Ferne rufen
Mein Lebewohl an diesem Tag?
Was uns die Stunden gütig schufen,
Zerrinnt es wie der Wellenschlag?
Bleibt mir, für wenig kurze Stunden,
Nur noch der Trost, vom Felsgestein
Zu spähn, ob ich dein Dach gefunden,
Am grauen Turm dein Fensterlein?

Ich kann und mag es nimmer denken,
Dies sei vielleicht zum letzten Mal,
Bleibst du, wenn meine Schritte lenken
Sich nieder in mein heimisch Tal?
Doch, mögen Berg' und fremde Fluren
Uns trennen, nord- und südenwärts,
Glaub mir, ich folge deinen Spuren
Und bringe dir ein treues Herz.

Als die Droste im Herbst 1846 ein letztes Mal nach Meersburg kam, sah sie Philippa Pearsall noch einmal für kurze Zeit wieder. Am 13. Oktober 1846 verließ Phillippa den Bodensee, um in Augsburg ihre Ausbildung im Malen und Zeichnen fortzusetzen.

Die stolze Grundbesitzerin

In den Briefen von Meersburg war jedoch nicht nur von neuen Freundschaften und dem eigenen Zeitvertreib die Rede. Reichlich Gesprächsstoff lieferte der Droste ab November 1843 auch ihr Kauf des oberhalb Meersburgs gelegenen „Fürstenhäusle". Sie hatte das Gebäude am 17. November äußerst günstig ersteigert. Den Kaufpreis von 400 Reichstalern bestritt sie vom Erlös ihrer zweiten Gedichtausgabe. Die Begleitumstände des Kaufs, das Haus selbst und ihre weiteren Pläne mit dem Gebäude beschreibt sie im Brief an Elise Rüdiger vom 22. November in aller Ausführlichkeit:

Jetzt muß ich Ihnen auch sagen, daß ich seit acht Tagen eine grandiose Grundbesitzerin bin, ich habe das blanke Fürstenhäuschen, was neben dem Wege zum Frieden liegt – doch dort waren Sie nicht, aber man sieht es gleich am Thore, wenn man zum Figel geht – nun das habe ich in einer Steigerung nebst dem dazu gehörenden Weinberge, erstanden – und wofür? für 400 Reichsthaler – Dafür habe ich ein kleines aber massiv aus gehauenen Steinen und geschmackvoll aufgeführtes Haus, was vier Zimmer, eine Küche, großen Keller und Bodenraum enthält und 5000 Weinstöcke, die in guten Jahren schon über zwanzig Ohm Wein gebracht haben, – es ist unerhört! aber keiner wollte bieten, dieses unglückliche Jahr bringt nur Verkäufer hervor. – Gottlob ists kein armer Schelm, dem ich es abgekauft, sondern der reiche Grosherzog von Baden, dem dies vereinzelte Stückchen Domaine lästig war – früher gehörte es den Bischöfen von Constanz, und der letztverstorbene ließ dies artige Gartenhaus bauen, wo er manchen Tag soll gespeißt haben, – die Aussicht ist fast zu schön, d.h. mir zu belebt was die Nah- und zu schrankenlos was die Fernesicht betrifft. – es ist der höchste Punkt dieser Umgebungen – gleich am Fuße des Hügels zwey sich kreuzende Chausséen, tiefer Stadt und Schloß Meersburg, – die hier ganz niedrig zu liegen

Fürstenhäusle, Ostansicht

scheinen, – als nächste Punkte darin (etwa tausend Schritt entfernt) und sich wunderschön präsentirend, rechts das alte Schloß, links das Seminar, von dem Nachmittags der schöne Chorgesang so deutlich aufsteigt, daß keine Note verloren geht, – tief unten der See mit seiner ganzen Rundsicht, die Insel Meinau, Constanz, Münsterlingen, das Thurgau, St. Gallen, auf der einen Seite nur durch die Alpen beschränkt (von denen ich hier noch die g a n z e Tyroler Kette als Zugabe habe) von der andern durch die höchsten Kegel des Hegau's, – es ist eigentlich wunderbar schön, und die Meersburger halten dieses Fürstenhäuschen (auch der Hindelberg genannt) für eine unschätzbare Perle, – mir ists aber fast zu viel und zauberhaft und wie ich so droben die ganze Gegend controlliren kann, jeden Bürger der auf die Gasse oder auch nur ans Fenster, jeden Bauern der in seinen Hofraum tritt, so komme ich mir vor wie der Student von Salamanka, dem der hinkende Teufel die Hausdächer abgehoben hat, und mir ist beynahe sündlich zu Muthe. – Vom Häuschen bis zur Chaussée hinunter führt eine Steintreppe mitten durch die Reben, die ich zum Laubengange machen, und auf der Hälfte, mittelst zweyer Ausbiegungen, mit ein paar niedlichen versteckten Ruhbänken versehen will,. unten ist die Treppe schon durch ein hübsches Gatterpförtchen verschlossen, ich habe nichts zu thun als die nächsten Rebenreihen aufranken zu lassen, und die kleine Rotunde in der Mitte zu besorgen, wozu ich nur drey oder vier Weinstöcke wegzunehmen, und die dahinter stehenden zu benutzen habe, in zwey Jahren kann Alles dicht und schattig seyn. – was sagen Sie dazu? – die Reben hat der alte Bischof mir aufs Beste gewählt, Burgunder, Traminer, Gutedel et cet. und die eine (Sonnen-)Seite des Abhangs bringt solchen Wein als Laßberg Ihnen vorgesetzt, die andere geringeren, – so kann ich also in guten Jahren auf zehn Ohm vortrefflichen, und eben so viel mittelmäßigen Wein rechnen, – grad hinter dem Hause, wo der Schatten desselben den Reben sehr schadet, will ich diese ausroden, dem Boden gleich machen und eine kleine Blumenterasse, nicht groß genug zum Spatzierengehn, aber angenehm fürs Auge, mit lange und reichlich blühenden Blumen, Georginen, Rosen, Levkojen et cet. bepflanzen lassen. O, Sie sollen sehn, ich mache ein kleines Paradies aus dem Nestchen! schade,daß ich meine meiste Lebenszeit 200 Stun-

den davon zubringen werde! – oder vielmehr, Gottlob, daß der heimische Boden und ich uns immer einander treu und sicher bleiben, und mir doch, falls mir von Zeit zu Zeit die hiesige Luft wieder nöthig würde, bey allen denkbaren Wechselfällen ein niedliches Chez moi nicht fehlt. – Nun will ich Ihnen auch das Innre des Hauses beschreiben. – man geht mit einer hübschgeschweiften etwa acht Stufen hohen Steintreppe in den untern Stock, der nur das Paradezimmer und die Küche enthält, Ersteres ein Gemach von angenehmer Größe, mit einem Erker, in den der Kanapee mit Tisch und einigen Stühlen hinlänglich Raum haben, und das übrige Zimmer unbeengt lassen, man sitzt dort wie in einem Glaskasten, ein Fenster im Rücken und zwey zu den Seiten, aber Besuchenden wird es himmlich scheinen, der Aussicht wegen, in dies Zimmer tritt man unmittelbar von der Treppe, – die Küche daneben (wo ich einen zweiten Eingang werde brechen lassen) ist klein, doch nicht bis zur Unbequemlichkeit, und es läßt sich mit wenigen Gulden einrichten, daß das Heerdfeuer

Fürstenhäusle, Südansicht

zugleich den hübschen Kachelofen des Zimmers heizt, was im Winter sehr angenehm, und im Sommer durch Oeffnung der Fenster nach der jedesmaligen Schattenseite, und Ladenschließung der übrigen leicht zu paralisiren ist, da mein Kochheerd doch nicht allzu lange und stark brennen würde, und bey winterlichen Besuchen nothwendig nachgeheitzt werden müßte, – doch würde das Zimmer immer trocken, und eine gelinde Temperatur darin erhalten werden, die die Besuche gleich hinein zu führen erlaubte. – aus der Küche führt eine Wendelstiege und Fallthür in den oberen Stock, meine eigentliche Dachshöhle (oder Schwalbennest) – Alles mit Zierlichkeit gemacht, die Stiege hübsch gewunden, die Fallthür wie Getäfel geschnitzelt, und sich in die Wand fugend, so daß sie bei Tage nicht bemerkt, sondern für eine Verzierung gehalten wird; nachts, wenn sie geschlossen ist, paßt sie (mit der andern Seite) sehr genau in den Fußboden, und macht die kleine obere Entrée zu einem artigen Zimmerchen, wo im Hintergrunde, hinter anständigem weißem Vorhange das Kammerjungfernbett verborgen seyn, und diese auch in Sommertagen ihre Nätherey am Fenster beschicken kann, hieran stößt dann mein eigentliches Quartier, ein heizbares Wohnzimmer, etwa um ein Drittel größer wie Ihr Kabinetchen, und ein Schlafzimmerchen, grade groß genug für das Nöthige, Bett, Waschtisch, Schrank und noch einigen Raum zu freyer Bewegung. – Sagen Sie Selbst Elise, was bedarf ich mehr? auch fällt mir eben ein, daß ich statt des Eisenofens im Wohnzimmer ja einen Kachelofen kann mauern lassen, der das Kammerjungfernzimmer mitheitzt, so daß ich diese zu keiner Zeit um mich zu haben brauche, – der Keller geht unters ganze Haus her, und ist sehr gut, so wie der Bodenraum unterm Dache überflüssig geräumig, und es ließ sich dort leicht ein Verschlag herrichten, wo ich, der Sicherheit wegen, meinen Winzer könnte schlafen lassen, einen Mann, der sonst in der Stadt wohnt, und außer der Besorgung der

Reben für ein Gewisses nicht in meinem Dienste steht, aber dann gern für eine Kleinigkeit zu Bestellungen und sonstiger Aushülfe bereit seyn würde, – einen Brunnen habe ich nicht, aber ein Bleichplätzchen, und nicht hundert Schritte vom Hause eine Quelle, die Winter und Sommer fließt. – kurz, ich sage Ihnen, es ist allerliebst, Laßberg sagt: „je mehr man es untersucht, je besser wird es“ Dach, Gemäuer, Fußböden, Thüren, Alles im besten Stande, von den Fensterläden nur zwey etwas schadhaft, aber an den Fenstern selbst vieles zu repariren, und dieses die einzige etwas bedeutende Ausgabe.

Noch in drei weiteren Briefen schildert die Droste – nicht minder stolz – ihr neues Besitztum; aus einer Stelle geht auch hervor, daß sie das Haus langfristig einem guten Zweck zuführen wollte: *Gott gebe, daß mir Stimmung und passable Gesundheit bleiben, um noch recht viel verdienen zu können, denn ich möchte gar zu gern zwey kleine Stiftungen machen für ein paar unverheurathete Mädchen aus Werners und Jenny's Nachkommenschaft. – Der Anfang ist gemacht, zu dem Ersteren habe ich meinen Brautschatz überwiesen, und zum Behufe des Letzteren für meine neuerworbenen 500 Reichsthaler ein hübsches, massiv gebautes, und bewohnbares Gartenhaus (vor dem Thore von Meersburg) gekauft, <...>, so will ich Alles was ich verdiene (mit Schreiben) und auch den Ertrag des Weinbergs immer sogleich in die Stiftungen stecken, wo es dann, Zins auf Zins, wohl so anwachsen wird, daß noch ein paar Kinder die ich mit Augen gesehn habe etwas Ordentliches davon haben können, <...>* (Brief an August von Haxthausen vom 2. August 1844).

Zu den geplanten baulichen Renovierungen kam es jedoch nur im Ansatz. Die Veränderungen beschränkten sich auf einen neuen äußeren Anstrich des Gebäudes. Diesbezüglich schreibt Philippa Pearsall der Droste am 24. August 1844: *Wir leben auf Hoffnung. – Ich meine die Hoffnung Sie vor Ihrer*

Abreiße nach Westphalen, zu sehen. – Aber, wir haben einen breiten See zwischen uns und alles was wir bis jetzt von Ihnen sehen können ist Ihre neue Besitzung bei den Meersburger Rebhügeln, welche seit dem frischen Anstrich sehr deutlich durch das Fernrohr zu sehen ist. Dieses ist der Punkt in der Ferne, bei deßen Anblick immer ein Bedauren in uns rege wird – daß es so w e i t *in der Ferne liegt.*

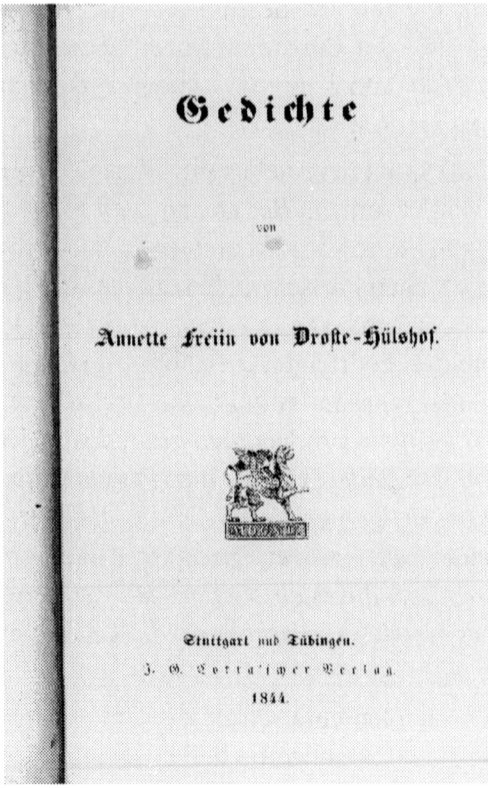

Gedichte

von

Annette Freiin von Droste-Hülshof.

Stuttgart und Tübingen.

J. G. Cotta'scher Verlag.

1844.

Neue Schaffenslaunen

Die literarische Ausbeute des zweiten Meersburger Aufenthaltes kann sich zwar nicht mit der des ersten messen; doch auch diesmal entstanden Gedichte, die zu den besten der Dichterin zählen.

Zunächst aber standen bis Ende des Jahres 1843 die Reinschriften für die Cotta-Ausgabe an. Am 5. Januar 1844 – endlich, nach all den Verzögerungen, Krankheiten und sonstigen Widrigkeiten – konnte die Droste Elise Rüdiger mitteilen, daß die Abschrift mit Jahresende zum Abschluß gekommen sei. Schücking hatte der Droste zu guter Letzt im Brief vom 2. November 1843 noch einmal zugesetzt: *Zaudern Sie doch nicht länger, liebes Mütterchen!!!*

Das nächste größere Projekt sollte nun die Vollendung des großen Westfalenromans *Bei uns zu Lande auf dem Lande* sein. Aber wie schon im Winter 1841 machte das Werk keinen wesentlichen Fortschritt. Erneut kam die lyrische Produktion „dazwischen“. Die Droste wurde innerlich nahezu zu neuen Gedichten gedrängt. Am 4. März ließ sie Levin und Luise Schücking wissen: *es liegt mir doch allerley im Sinne, was ich nur heraus schreiben muß um es los zu werden, und dann doch nichts Anderes damit anzufangen weiß, da es sich meiner gegenwärtigen größeren Arbeit* <Bei uns zu Lande> *nicht anpassen läßt. – z.B. einige Stoffe zu kleineren Gedichten (5-6 Strophen) die mich plagen, und wo es auch Schade darum wäre wenn ich sie verkommen ließ, da sie mir zusagen* – <...>.

Einige dieser Gedichte sandte die Droste Schücking am 16. April 1843 zu. Gleichzeitig ließ sie durchblicken, daß ihr Fundus an neuen Stoffen noch längst nicht erschöpft sei. Zu sechs bis acht weiteren Gedichten besitze sie bereits eine konkrete Vorstellung: *ich mache <...> die Dinger doch noch fertig, da sie mir mahl im Kopfe rumoren <...>.*

Zusammengenommen entstanden von März bis April zwölf Gedichte, darunter auch *Mondesaufgang*:

Mondesaufgang

An des Balkones Gitter lehnte ich
Und wartete, du mildes Licht, auf dich;
Hoch über mir, gleich trübem Eiskrystalle,
Zerschmolzen schwamm des Firmamentes Halle,
Der See verschimmerte mit leisem Dehnen,
- Zerflossne Perlen oder Wolkenthränen?-
Es rieselte, es dämmerte um mich,
Ich wartete, du mildes Licht, auf dich!

Hoch stand ich, neben mir der Linden Kamm,
Tief unter mir Gezweige, Ast und Stamm,
Im Laube summte der Phalänen Reigen,
Die Feuerfliege sah ich glimmend steigen;
Und Blüthen taumelten wie halb entschlafen;
Mir war, als treibe hier ein Herz zum Hafen,
Ein Herz, das übervoll von Glück und Leid,
Und Bildern seliger Vergangenheit.

Das Dunkel stieg, die Schatten drangen ein, -
Wo weilst du, weilst du denn, mein milder Schein! -
Sie drangen ein, wie sündige Gedanken,
Des Firmamentes Woge schien zu schwanken,
Verzittert war der Feuerfliege Funken,
Längst die Phaläne an den Grund gesunken,
Nur Bergeshäupter standen hart und nah,
Ein düstrer Richterkreis, im Düster da.

Und Zweige zischelten an meinem Fuß,
Wie Warnungsflüstern oder Todesgruß,
Ein Summen stieg im weiten Wasserthale
Wie Volksgemurmel vor dem Tribunale;
Mir war, als müsse Etwas Rechnung geben,
Als stehe zagend ein verlornes Leben,
Als stehe ein verkümmert Herz allein,
Einsam mit seiner Schuld und seiner Pein.

Da auf die Wellen sank ein Silberflor,
Und langsam stiegst du, frommes Licht, empor;
Der Alpen finstre Stirnen strichst du leise,
Und aus den Richtern wurden sanfte Greise,
Der Wellen Zucken ward ein lächelnd Winken,
An jedem Zweige sah ich Tropfen blinken,
Und jeder Tropfen schien ein Kämmerlein,
Drin flimmerte der Heimathlampe Schein.

O Mond, du bist mir wie ein später Freund,
Der seine Jugend dem Verarmten eint,
Um seine sterbenden Erinnerungen
Des Lebens zarten Widerschein geschlungen,
Bist keine Sonne, die entzückt und blendet,
In Feuerströmen lebt, in Blute endet, -
Bist, was dem kranken Sänger sein Gedicht,
Ein fremdes, aber o ein mildes Licht!

„Lebt wohl!“ Die Wiederbegegnung mit Levin Schücking im Mai 1844

Der neuerliche Produktionsschub hing zum einen mit einer Bitte Schückings zusammen – er hatte die Droste für ein geplantes poetisches Taschenbuch auf Gedichte angesprochen –, zum anderen mit einem Ereignis, das seit Frühjahr wiederholt Thema des Briefwechsels war: ein Besuch Schückings und seiner Gattin Luise, geb. von Gall, auf der Meersburg. Für die Droste war es das erste Wiedersehen mit Schücking seit dem gemeinsam auf Schloß Meersburg verbrachten Winter 1841/1842. *Die Droste reagierte in der Situation dieser Wiederbegegnung mit Schücking auf ihre Weise: mit einer Fülle von Gedichten. Fast scheint es, als habe sie den persönlich und dichterisch so fruchtbaren Winter 1841 noch einmal herbeizitierten wollen* (Winfried Woesler).

*

Schücking hatte inzwischen eine weitere Stufe seiner Karriereleiter erklommen. Am 15. Oktober 1843 war er nach Augsburg umgezogen, um eine Redakteursstelle bei der Cotta'schen „Allgemeinen Zeitung“ anzutreten. Dieser nähere Kontakt zu Cotta wirkte sich auch förderlich auf die Verhandlungen über die zweite Gedichtausgabe der Droste aus: Nachdem die Autorin zunächst in der Verlagsfrage geschwankt hatte – ihr lagen drei Angebote vor, von Cotta, von dem Bielefelder Verleger Velhagen & Klasing und erneut von Aschendorff in Münster –, kristallisierte sich nun immer deutlicher heraus, daß die Wahl auf Cotta fallen würde. Schücking zuliebe wollte sie bei Cotta sogar ein geringes Honorar in Kauf nehmen. Daß daraus dann der äußerst ansehnliche Betrag von 500 Reichstalern wurde, hatte die Autorin unter anderem der Hartnäckigkeit Laßbergs zu verdanken, der darauf bestand, daß Cotta zumindest ebensoviel zahle wie die anderen Bewerber. So wurde das Honorar immer weiter heraufgeschraubt, bis die Droste schließlich einen höheren Betrag erhielt als „Berühmtheiten“ wie Uhland oder Lenau für deren Erstausgaben.

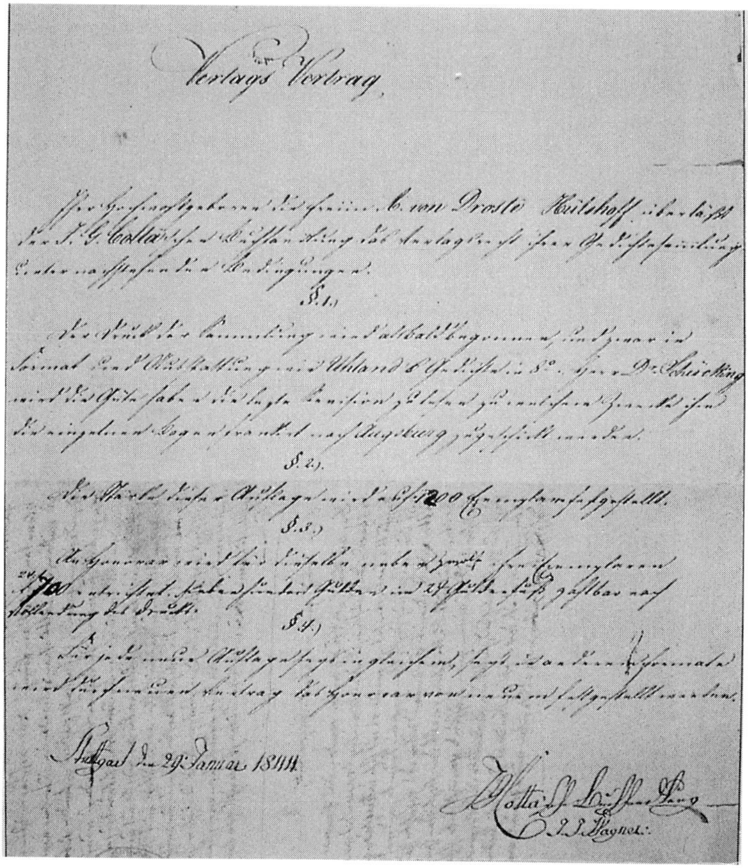
Verlags Vertrag

Verlagsvertrag mit Cotta

Im Februar 1844 hatte dann im Zuge der unmittelbaren Vorbereitung der Gedichtausgabe – sie erschien schließlich Mitte September 1844 – eine Phase regelrechter Briefhektik eingesetzt. Fast täglich wanderten Briefe zwischen Augsburg und Meersburg hin und her. Noch einmal wurden letzte Korrekturvorschläge diskutiert, wurden einzelne Verse verworfen, durch neue ersetzt.

*

Die Droste sah dem Besuch der Schückings mit geteilten Gefühlen entgegen. Wiederholt hatte sie Schückings Leichtsinn getadelt, weil er sich brieflich verlobt hatte – ohne seine Braut vorher jemals gesehen zu haben und ohne über eine gesicherte Stellung zu verfügen. So eindringlich sie ihrem „Adoptivsohn" auch ins Gewissen geredet hatte – er wollte von alledem nichts hören. Außerdem glaubte sie, ein zunehmendes Desinteresse Schückings an ihrer Person und ihrer literarischen Arbeit zu verspüren. So mehrten sich in ihren Briefen an Elise Rüdiger die kritischen Äußerungen über Schücking, aber auch über seine Frau, der die Droste – ohne Anlaß – eine Abneigung entgegenbrachte. Am 7. Oktober 1843 hatte Schückings Hochzeit stattgefunden – auch dies in den Augen der Droste ein Akt maßloser Leichtfertigkeit. Ein Konflikt während des Wiedersehens mit Schücking auf der Meersburg schien vorprogrammiert.

Hören wir zunächst Schückings Schilderung über den Besuch in seinen „Lebenserinnerungen":

Im Mai 1844 machte ich mit meiner jungen Lebensgefährtin eine Reise an den Bodensee, um jene Annetten von Droste zu bringen. Ich fand diese, mit der ich im lebhaftesten brieflichen Verkehr und Gedankenaustausch während all' dieser Zeit geblieben, leider sehr verändert. Ihre Gesundheit war – vielleicht hatte ich es früher bei stetem Zusammenleben nicht so wahrgenommen – doch ein gewaltig schwächliches und gebrechliches Ding; sie erfüllte mich mit tiefer Sorge. Auch machte mir ihr jetziger Aufenthalt einen melancholischen

Eindruck. Sie wohnte nicht mehr in ihrem alten, noch ziemlich comfortabel eingerichteten Quartier, sondern nach ihrem Wunsch hatte man ihr ein Thurmgemach in einem anderen Gebäudetheil zu dem es nicht so viele Treppen zu ersteigen gab und wo sie in noch größerer Ungestörtheit weilen konnte, <...>. Doch hatte sie alle ihre kleinen Schätze jetzt da bei einander und war mit dem Tausche sehr zufrieden. Konnte sie doch jetzt leichter hinaus zu ihrem geliebten kleinen Besitzthum, das sie unterdeß erworben und das sie mit großem Stolze uns zeigte – es war ein kleiner, oberhalb Meersburg liegender Weinberg mit einem bewohnbaren Pavillon darin, der das „Fürstenhäuschen" hieß <...>.

Luise Schücking, geb. von Gall

Schückings wohnten nicht im Schloß selbst, sondern hatten sich im Gasthof „Zur Traube“ eingemietet. Auch war man nicht, wie angenommen werden könnte, täglich auf der Burg. Anhand von Jennys Tagebuch und anderen Quellen läßt sich der äußere Verlauf des Besuchs relativ genau nachvollziehen. Demzufolge kamen die Schückings am 6. Mai in Meersburg an. Am 7. Mai wurden sie zum Essen auf die Burg eingeladen. Für den 8. Mai ist ein Gegenbesuch im Gasthof „Zur Traube“ vermerkt. Auch am 10. und 14. aß man gemeinsam auf der Burg. Am 16. waren die Schückings erneut, diesmal zum Kaffee, eingeladen, ebenso am 20., bevor sie abends für fünf Tage in die Schweiz fuhren. Unmittelbar nach ihrer Rückkehr am 25. waren sie erneut Gäste im Alten Schloß. Am 30. speiste man mittags noch einmal gemeinsam, dann reiste das junge Ehepaar mit der Postkutsche nach Augsburg zurück.

Die Abreise erfolgte also nicht – wie das Abschiedsgedicht der Droste *Lebt wohl* Glauben macht – mit einem Schiff; um über diese Diskrepanz hinwegzutäuschen, ließ Schücking bei der Schilderung des Abschieds in seinen „Lebenserinnerungen“ die Rückfahrt ebenfalls über den Bodensee verlaufen: *nach acht Tagen mußten wir scheiden, und der biedere alte Ritter, der nun schon fünfundsiebzig Jahre zählte, aber immer noch so geistesfrisch und frohen Muthes ‚auf der aeltesten burg Teutschlandes‘ saß <...> credenzte uns einem trefflichen Meersburger Abschiedstrunk. Dann entführte der Dampfer uns quer über den See, den Thürmen von Constanz zu und Annette schrieb in ihrer gewölbten Kemenate unterdeß ihr schönes Gedicht „Lebt wohl, es kann nicht anders sein“.*

Was wir sonst über den Besuch wissen, ist nicht gerade viel: Neben einer Einladung in die Privaträume der Droste – die Schückings sollten ihre Sammlungen bewundern – erwähnt die Autorin später brieflich noch einen gemeinsamen Besuch in der „Figeley“ und einen Spaziergang zum „öden

Stein“ am Bodensee. Möglicherweise wurden weitere Briefzeugnisse über den Besuch vernichtet. Nach Mutmaßungen Elise Rüdigers soll es bei dem Besuch zu einer Verstimmung gekommen sein, als Schücking und seine Frau sich nach Auffassung der Droste ihr gegenüber rücksichtslos benommen hätten. Vielleicht habe Luise Schücking den Gesang der Droste getadelt, wodurch die Droste sehr getroffen werden konnte. Die Droste ihrerseits habe später den Gesang Luise Schückings als „laut“ und „falsch“ bezeichnet. Über solche Spekulationen hinaus steht fest, daß die Entfremdung zwischen der Droste und Schücking durch den Besuch nicht überwunden wurde, sondern sich in der Folgezeit verstärkte; hierüber täuschen auch die vielen Freundschaftsbeteuerungen in ihren Briefen an seine Frau und ihn nicht hinweg.

*

Bei Schückings Abreise konnte ihm die Droste die neu entstandenen Gedichte *Das Ich der Mittelpunkt der Welt*, *Spätes Erwachen*, *Die todte Lerche*, *Lebt wohl* und *An einen Freund* für den Abdruck im „Morgenblatt“ mitgeben.

Lebt wohl

Lebt wohl, es kann nicht anders seyn!
Spannt flatternd eure Segel aus,
Laßt mich in meinem Schloß allein,
Im öden geisterhaften Haus.

Lebt wohl und nehmt mein Herz mit euch
Und meinen lezten Sonnenstrahl,
Er scheide, scheide nur sogleich,
Denn scheiden muß er doch einmal.

Laßt mich an meines Seees Bord
Mich schaukelnd mit der Wellen Strich,
Allein mit meinem Zauberwort
Dem Alpengeist und meinem Ich.

Verlassen, aber einsam nicht,
Erschüttert, aber nicht zerdrückt,
So lange noch das heil'ge Licht
Auf mich mit Liebesaugen blickt,

So lange mir der frische Wald
Aus jedem Blatt Gesänge rauscht,
Aus jeder Klippe, jedem Spalt
Befreundet mir der Elfe lauscht,

So lange noch der Arm sich frei
Und waltend mir zum Aether streckt,
Und jedes wilden Geiers Schrei
In mir die wilde Muse weckt.

*

Der Meersburg-Besuch endete – was die Beziehung der Droste zu Schücking anbelangte – mit einem Mißklang. Als sie kurz vor ihrer Abreise noch immer nichts über den Abdruck der Gedichte erfahren hatte, die sie Schücking bei seiner Abreise mitgegeben hatte, konnte sie sich nicht dazu entschließen, sich selbst brieflich an ihn zu wenden. Obwohl bei guter Gesundheit, schrieb sie ihrer Schwester einen Brief vor, der wie folgt beginnt: *Meine Schwester, die Ihnen selbst schreiben wollte, aber sich seit einigen Tagen durch Einfluß des Äquinoktiums zu unwohl dazu befindet, läßt sie bitten, ihr doch zu sagen, ws es für eine Bewandnis mit den zehn oder zwölf Gedichten hat, die sie Ihnen für das „Morgenblatt" mitgegeben <...>.*

Noch ein weiterer Besuch auf dem Alten Schloß hatte literarische Folgen. Im September 1844 weilten hier Guido Görres und seine Frau Maria, geb. Vespermann, für etwa drei Wochen zu Besuch. Die Droste überließ Görres damals die 1842 auf der Meersburg entstandenen *Westphälischen Schilderungen* für einen Abdruck in den von Görres mitherausgegebenen „Historisch-politischen Blättern", und zwar „unzensiert" – zuvor hatte sie Schücking eine Veröffentlichung in dieser Form untersagt, weil sie die Skizzen für *zu scharf* hielt. Der Artikel löste dann in der Tat eine – nach den Worten der Droste – *fatale Sensation* aus. Es erschienen, ebenfalls in den „Historisch-politischen Blättern", mehrere Entgegnungen, die mit dem Artikel hart ins Gericht gingen. Der Grund: Die Droste hatte die Paderborner und Sauerländer im Vergleich zu „ihren" Münsterländern viel zu negativ charakterisiert.

Am 23. September reiste die Droste ab. Die Ankunft im Rüschhaus erfolgte in der Nacht vom 26. auf den 27. September. Es waren – im anbrechenden Zeitalter der Technisierung – schon längst nicht mehr 180 oder 200 Stunden, die sie vom Bodensee trennten. Mit Hilfe der Eisenbahn war die Fahrtzeit auf die Hälfte zusammengeschrumpft.

Leiden und Sterben auf Schloß Meersburg

Seit Juli 1845 war erneut von einem Besuch der Droste in Meersburg die Rede. Ein genaues Datum stand jedoch noch nicht fest. In Briefen an Charlotte von Salm-Reifferscheidt vom 18. Juli 1845 und an Schücking vom November 1845 gibt die Droste als Termin Frühjahr 1846 an.

Erneut versuchte sie, wie schon 1843, Elise Rüdiger zur Mitreise zu gewinnen. Man wollte gemeinsam an den Bodensee reisen, und von dort sollte Elise Rüdiger eine seit längerem geplante Reise in die Schweiz fortsetzen. Jenny von Laßberg unterstützte solche Pläne durch immer neue Briefe. Anfang Mai waren die Meersburger – einem Brief Laßbergs an den Freiherrn von Brenken zufolge – zuversichtlich, daß der Besuch Anfang Juni zustandekomme.

Dann aber kam die Absage der Droste im Brief an Jenny vom 7. August 1846: *Liebste Jenny, Seit ich zuerst deinen und dann der lieben Mama Brief erhielt, hat es mir wie ein Stein auf dem Herzen gelegen daß ich antworten müste, und habe es doch nicht gekonnt, denn ich bin tüchtig krank gewesen, und hatte noch dazu meinen Homöopathen nicht, der auf längere Zeit verreißt war. <...> Liebe Jenny, du schmählst mich so aus, und es war doch wirklich nicht unvernünftig daß ich hier blieb, da ich recht gut fühlte was mir in den Gliedern lag. – Glaub' nur, ich habe eine tüchtige Tour abgemacht in diesen fünf Wochen, fast so arg wie damals (Anno 29) in Münster, und was hätte ich nur ohne Bönninghausen anfangen sollen, da ich schon so unglücklich darüber war, daß ich ihn nicht g l e i c h haben konnte! Dies ist das erste mahl daß ich einen so starken Anfall so mutterseelen allein abgemacht habe, und es ist doch auch gegangen! – Bönninghausen ist doch der Einzige der mir helfen kann! <...> – wäre ich nur* den Schleim aus dem Halse los, und könnte wieder gehen, dann wäre ich hergestellt, – ich zweifle aber nicht daß auch das bald nachkommen wird.

Aus etwa dieser Zeit hat sich auch ein Brief der Droste an Elise Rüdiger (vom 30. Juli 1846) erhalten. Er wirft ein Licht auf die inzwischen zusehends zerrüttete Gesundheit der Autorin. Im Rüschhaus lebte sie – fast einsiedlerisch – in dem Bewußtsein, kaum noch einmal literarisch tätig sein zu können: *Sähe ich dieser* <einsamen> *Lebensweise, die mich so zufrieden macht, wie es bei entschiedenem Uebelbefinden irgend möglich ist, Dauer an, so würde ich mir durch Einschreiben in die Leihbibliothek noch eine große Ressource eröffnen, – käme vielleicht, wenn die begonnene Besserung so fortschreitet, bald wieder dahin, selbst etwas schreiben zu können, – aber – wozu Luftschlösser bauen!*

Daß die Reise an den Bodensee überhaupt noch zustande kam, grenzt angesichts weiterer Gesundheitsverschlechterungen fast an ein Wunder. Ein langer Brief an Elise Rüdiger vom 16. Februar 1847 blickt hierauf zurück. Weiterhin schildert er in aller Ausführlichkeit den Verlauf der Reise, die die Droste im September 1846 antrat (s.u.).

Vor der Abreise suchte die Droste noch einmal einen Kontakt zu ihrem früheren literarischen Berater Christoph Bernhard Schlüter. Sie unterrichtete ihn davon, daß sie in Meersburg das *Geistliche Jahr* vollenden wolle und machte ihm das Werk zum Geschenk. Außerdem beauftragte sie ihn, den Zyklus nach ihrem Tode ganz oder auszugsweise zu veröffentlichen. Später, vermutlich im Winter 1846/47, ließ sie sich das Werk von ihm nach Meersburg nachsenden. Demnach schien bei ihr zumindest ein Keim von Hoffnung vorhanden gewesen zu sein, noch einmal literarisch arbeiten zu können. Nun aber zum erwähnten Brief an Elise Rüdiger:

Ich wage es einen Brief an Sie anzufangen, – jeden Tag einige Zeilen, da muß es doch endlich Etwas geben. <...> – denn Sie müssen wissen, daß ich Hülshoff in einem Zustande verlassen habe, wo ich keine halbe Stunde außer dem Bette seyn konnte ohne ohnmächtig zu werden, – doch gieng die Reise leidlich; hier brach aber das Uebel erst recht los,- ich bin mehrere Monate völlig bettlägerig gewesen, und noch immer sehr schwach, – dies ist mein erster Versuch zum Schreiben, – doch ich habe bis zu Ihrem anberaumten Geduldstermin noch viele Zeit vor mir, – noch fast vier Wochen, – so hoffe ich sogar etwas weitläufig werden zu können, – Ja, lieb Herz, alle meine schönen Träume von Rüschhauser Einsamkeit, Harfenruhe und Abendroth haben kaum ein paar Tage lang einen schwachen Anlauf zur Realität nehmen können, dann war es vorbey. – die Spannung der letzten Zeit hatte mich aufrecht erhalten, und nun fiel ich zusammen wie ein Taschenmesser. – miserabel, – 6- bis 7mal im Tage Erbrechen - ein erstickender Husten und Schleimandrang – immer Fieber – kein Schlaf - <...> <Werner> *rieth Diät, Verlassen der Einsamkeit, und vor Allem B e w e g u n g an. – An letzterer habe ich mich denn auch in der ersten Zeit halb todt exercirt, bis ich umfiel, und endlich das Bett völlig hüten mußte. – Ach, lieb Lies, da war Rüschhaus gar kein liebes heimliches Winkelchen mehr! – ich sah den ganzen Tag nur die niedrigen Balken meines Schlafzimmers, und außer dreymal im Tage sah keine Seele nach mir, da die Erndte im Gange war, und auch die Köchin viel daran half – <...>. Ich habe dies in meinem Eremitenleben sonst auch schon mitgemacht, aber nicht krank; dann freute mich diese tiefe Einsamkeit, da mir Küche und Keller ja offenstanden und ich im Nothfalle an der steinernen Gartenbank meine Leute sehr leicht errufen konnte, aber jetzt kam ich mir oft vor wie ein armer Soldat, der sich auf dem Schlachtfelde verblutet; <...> – lieber gieng ich nach Hülshoff, – nicht ohne Scheu vor*

Gottes neunfachem Segen dort. – Werner und Line empfingen mich an der Treppe jubelnd und spottend, daß die Langeweile mich endlich hergetrieben, wurden aber mäuschenstill, als ich so elend aus dem Wagen stieg, und nach einigen Minuten im Wohnzimmer ohnmächtig wurde. – man brachte mich gleich in meine Stube, und ich kann nicht Anderes sagen, als daß ich bis zu meiner Abreise die sorgsamste, zärtlichste Pflege dort genossen habe, doch ohne Erfolg für meine Gesundheit, da zu allem Anderen noch die Cholerina kam, und endlich in eine vollständige Blutruhr übergieng, – Sie können denken wie mir nun erst völlig elend wurde, – Werner riß sich fast die Haare aus dem Kopfe, daß ich keine Arzney nehmen wollte, – und als die letzte schlimme Krankheitszugabe sich später verloren hatte, und ich nun täglich etwa eine halbe Stunde aufsitzen konnte, kam meine Reise denn zur Sprache – Ich sagte „nach Meersburg!" – Werner meinte, „er wolle froh seyn, wenn er mich nur bis Bonn hätte, dort sey auch schon Bergluft und sehr geschickte Aerzte." – Der arme Schelm war ganz betrübt, Reisen schien ihm eigentlich unmöglich, und Bleiben noch schlimmer – Er gab mir seinen Heinrich mit (der grade in den Münchner Ferien dort war) und fuhr selbst mit bis Münster, um zu sehn, wie mir das Fahren bekomme, aber das Rütteln that mir wohl. – <...>. Der Weg bis Bonn wurde mir recht schwer, – hätte ich den Heinrich nicht bey mir gehabt, der mich fortwährend im Arme hielt, und überhaubt pflegte wie eine Wartfrau, ich wäre im ersten besten Dorfe liegen geblieben, – er verließ mich mit der Ueberzeugung daß ich in Bonn bleiben werde, was auch Pauline, deren Empfang rührend herzlich war, als ausgemacht annahm.

Im Anschluß an den 14tägigen Aufenthalt in Bonn habe sie den Entschluß gefaßt, allein die weite Reise nach Meersburg fortzusetzen: *Ich fühlte mich sehr krank, glaubte nicht an Besserung, und wollte bey den Meinigen sterben – Ich machte mich in der letzten Zeit stärker als ich war, um Paulinens* <Pauline von Droste-Hülshoffs> *Widerstand zu besiegen, die mich nicht begleiten konnte <...> und mich mit großer Liebe und Sorge entließ, – sie hatte Alles gethan mir die Reise zu erleichtern, mir alle Karten für Dampfboote und Eisenbahnen, sogar für die Omnibus, bis Freyburg verschafft, (diese Anstalten stehn mit einander in Berechnung) und zugleich ein Emphehlungsschreiben vom Director der Cölnischen Dampfschiffahrt, was an sämmtliche Wagen- und Schiffconducteure gerichtet, ihnen jede Rücksicht für mich auf die Seele band, so bin ich übergekommen fast so bequem wie in meinem Bette (d.h. bis Freiburg).*

Es folgt eine jener lesenswerten und lebendigen Reiseschilderungen, wie sie uns in den Briefen der Dichterin wiederholt begegnen:

die Herrn Conducteure führten mich immer gleich in den Pavillon, nahmen andern Kanapees ihre Kissen um es mir bequem zu machen, versorgten mein Gepäck, banden mich den Marquers so eng aufs Gewissen, daß fast jede Viertelstunde Einer kam nachzusehn ob ich etwas bedürfe, und wenn wir angekommen waren, ließen sie mein Gepäck gleich auf das morgige Dampfboot bringen, und führten mich selbst an den Omnibus; – Auf der Eisenbahn gieng es eben so. Ich bekam beyde Mahle einen Waggon für mich allein, und fast bey jeder Station erschien ein Gesicht am Wagenschlage um zu fragen ob ich Etwas bedürfe. – und doch hat dies Alles meine Reise nur unbedeutend vertheuert, – die Conducteure nahmen Nichts, und meine männlichen Wartfrauen waren am Rheine mit einem Gulden, weiterhin schon mit 30 Kreuzern, überglücklich. – Sie sehen, lieb Lies, ich bin wie in einem verschlossenen Kästchen gereißt und habe (außer meinen lieben Wartfrauen) kein fremdes Gesicht gesehn, nicht mal in den Gasthöfen, wo ich mir gleich ein eignes Zimmer geben

Wohn- und Sterbezimmer der Dichterin

ließ, wenn ich auch nur eine halbe Stunde blieb; So fühlte ich mich in Freyburg so wenig erschöpft, daß statt (wie früher beschlossen) Extrapost zu nehmen, ich mich dem Eilwagen anzuvertrauen beschloß, obwohl er Abends abgieng. – Meine Emphehlungen waren zu Ende, aber mein Glück verließ mich auch hier nicht, – ich hatte bis Mitternacht einen Beywagen ganz für mich allein, dann muste ich freylich in den allgemeinen Rumpelkasten voll schnarchender Männer und Frauensleute, die brummend und ächzend zusammenrückten als ich mich einschob, – dann gieng das Schnarchen wieder an, ich allein war wach bei dieser scheuslichen Bergfahrt, und merkte allein, wie den Pferden die Kniee oft fast einbrachen, und der Wagen wirklich schon anfieng rückwärts zu rollen; – mein Vis a vis stieß mich unaufhörlich mit den Knieen, und die Köpfe meiner Nachbarn baumelten an mir herum. – doch gottlob nicht lange! es war noch stockfinster als wir mit der Post nach Constanz zusammen trafen, und siehe da! meine ganze Bagage kugelte und kletterte zum Wagen hinaus, und ich war wieder frey! frey! und machte mir ein schönes Lager aus Kissen und Mantel, auf dem ich es sehr leidlich aushalten konnte, bis nach Stockach, wo ich um Zehn ankam, gleich Extrapost nahm, und in Meersburg die Meinigen noch bey Tische traf.

*

Auch über die erste Zeit nach der Ankunft gibt der Brief Auskunft: *Hier war große Freude über meine Ankunft, aber auch große Bestürzung über mein Aussehn, ich mußte gleich zu Bette, und zwey Aerzte annehmen, (Einen aus der Stadt und den sehr geschickten Brunnenarzt von Ueberlingen) – da habe ich denn viele Medizin geschluckt, und bin immer elender darnach geworden, zuletzt so nervenschwach, daß mir jedes Wort klang wie eine Posaune, und zuweilen im Stockfinstern mir das Zimmer für einige Sekunden erleuchtet schien wie vom grellsten Sonnenschein, und ich die kleinsten Gegenstände genau unterscheiden konnte, – zudem nahm mein Magen auch g a r n i c h t s mehr an, selbst Wasser und Haferschleim mußte ich sogleich wieder von mir geben, – und dabey immer Fieber und Beklemmungen; immer halb todt husten. Ach Lies! ich war schrecklich elend, und wünschte auch gar nicht wieder besser zu werden, nur todt!*

Erneut bewohnte die Droste die „Spiegelei“, in der sie sich aus Gesundheitsgründen – bis auf die Mahlzeiten – fast den ganzen Tag aufhielt. Außer Charlotte von Salm-Reifferscheidt empfing sie keine fremden Personen.

Auf ärztliche Anordnung war der Droste jede Lektüre untersagt. Da in Meersburg kein homöopathischer Arzt zur Stelle war, mußte sie sich wohl oder übel von einem Arzt der Allgemeinmedizin behandeln lassen. Die ärztliche Diagnose lautete auf Entzündung der Schleimhäute und Schwäche des Unterleibes, der Nerven und der Milz. Ihr wurde strengste körperliche und geistige Ruhe verordnet. Außerdem mußte sie sich beständig auf ihrem Zimmer aufhalten, da frische Luft ihre Luftröhre zu sehr reize. Nur widerwillig nahm sie den – wie sie es nannte – *Medizindreck* zu sich.

Allmählich trat Gesundheitsbesserung ein. Es blieben jedoch Husten und Kurzatmigkeit. Immerhin war es ihr möglich, kleinere Ausflüge zum „Fürstenhäusle“ und zu ihrem Weinberg zu unternehmen.

Die Krankheitssymptome, insbesondere die starke nervliche Überreizung, hielten den ganzen Winter über an. Gelegentlich nahmen sie derart zu, daß die Droste ihren Tod herbeisehnte. Aufgrund ihres Zustandes war es ihr diesmal nicht möglich, die Theateraufführungen in der Stadt zu besuchen, von denen das Tagebuch ihrer Schwester ab dem

14. November berichtete. Nicht einmal die Teilnahme an der gemeinsamen Feier des Weihnachtsfestes kam für sie in Frage.

*

Das Tagebuch Jenny von Laßbergs liefert uns auch für die folgende Zeit ein verläßliches Bild des Krankheitsverlaufs. Die Gesundheit der Droste war stets schwach und schwankend. Phasen der Erholung waren meist nur von kurzer Dauer.

Am 5. Januar 1847 ging es ihr *viel besser.* Sie brauchte jedoch zwölf Tage, um einen am 4. Februar begonnenen Brief an Elise Rüdiger zum Abschluß zu bringen. In diesem Schreiben heißt es: *dennoch habe ich Gesellschaft genug in meiner Spiegeley – Laßberg kömmt jeden Nachmittag auf eine Stunde, und Mama und Jenny bringen regelmäßig die Abende bey mir zu, – dann wird aber alles Aufregende im Gespräche vermieden, und ich höre, auf einen großen Lehnsessel an der Schattenseite des Ofens gekauert, ganz behaglich an was von Tagesbegebenheiten, kleinen Abentheuern auf Spatziergängen, et cet vorgebracht wird. – Ueberhaubt langweile ich mich gar nicht, – meine Phantasie arbeitet nur zu sehr, und ich muß aus allen Kräften dagegen ankämpfen. – jede etwas unebene Stelle an der Wand, ja jede Falte im Kissen, bildet sich mir gleich zu, mitunter recht schönen, Gruppen aus, und jedes zufällig gesprochene etwas ungewöhnliche Wort steht gleich als Titel eines Romans oder einer Novelle vor mir, mit allen Hauptmomenten der Begebenheit. – Sie sehn wie überreizt ich noch bin; – Gott! dürfte ich jetzt schreiben (d.h. dictiren) wie leicht würde es mir werden! – aber wie bald würde ich auch wieder alle Viere von mir strecken! – Meine Spiegelei ist ganz reizend – heizt sich vortrefflich, faßt jeden*

Sonnenblick auf, und ist, durch den Widerschein des Sees, selbst in den trübsten Tagen immer hell, – dazu vor mir auf dem Tische immer ein paar Töpfe in voller Blüthe aus dem Treibhause, – wenn ich aufsehe, der immer lebendige, oft himmlisch beleuchtete, See mit seinen Fahrzeugen und die Alpen – ich spüre auch g a r n i c h t s vom Winter, und freue mich deshalb auch gar nicht auf den Frühling mit seinem garstigen Aequinoctium, was mich immer krank macht, um so weniger da ich doch vor dem Eintritt beständiger Sommerwärme (etwa um das Ende Mays oder Anfangs Juny) das Zimmer nicht verlassen soll –

Der Brief bringt auch die völlige Abkehr der Dichterin vom damaligen Literaturmarkt zum Ausdruck: *Lieb Lies, mein Entschluß mich von allen litterarischen Bekanntschaften (außer von Ihnen) immer mehr zurückzuziehn, wird immer fester, so wie d e r niemals eine Recension oder kritischen Aufsatz zu lesen; <...>.*

*

Im Verlauf des Frühjahrs stellte sich eine allmähliche Gesundheitsbesserung ein. Am 3. März war die Droste soweit hergestellt, daß sie ihre „Spiegelei“ verlassen und die ihrerseits kranke Jenny besuchen konnte. Am 13. März war es ihr wieder möglich, an den gemeinsamen Mahlzeiten teilzunehmen. Insgesamt war sie aber so schwach, daß sie fast gehunfähig war. Das Schreiben eines Briefes oder Gedichtes brachte sie – eigener Angabe zufolge – nach kurzer Zeit *einer Ohnmacht nahe*. Nur mit großer Vorsicht durfte sie gelegentlich ein kleines Gedicht oder einen kurzen Zeitungsartikel lesen. Ihre allgemeine Stimmung beschrieb sie dennoch als *heiter*. Sie habe weder Fieber noch Schmerzen und sehe *ganz erträglich* aus. Ihr war dabei bewußt, daß sich an diesem Zustand kaum noch etwas ändern würde.

Im Mai 1847 teilte Laßberg Carl von Brenken mit, daß sich die Droste weiter auf dem Weg der Genesung befinde. Im Juni konnte sie sogar einen elftägigen Besuch bei Charlotte von Salm-Reifferscheidt auf Schloß Hersberg wagen. Zwei Monate darauf berichtete Jenny in einem Brief, daß die Kinder abends *immer eine Stunde bei Tante Nette zu*<bringen>, *die ihnen dann erzählt: Geschichten und auch von den Verwandten und aus ihrer Kindheit; so werden sie denn auch mit denen bekannt, die sie noch nie gesehen haben* (Brief an Ludowine von Haxthausen vom 3. Juli 1847).

Für ihren nächsten Brief an Elise Rüdiger, den die Droste am 20. Juli begann, brauchte sie wiederum eine lange Zeit-

Gemälde nach einer Daguerreotypie von 1845
(Gottfried von Thüngen, 1978)

spanne, diesmal zweieinhalb Wochen. Auch dieses Schreiben enthält ein kurzes Krankheitsbulletin: *ich bin lebendig, und leide wenig, aber schwach, schwach! <...> ich bin <...> meinem Schöpfer sehr dankbar, daß er mir durch das beständige Gefühl der Gefahr eine vollkommene Befreundung mit dem Tode, so wie, durch eben dieses Gefühl, eine doppeltinnige und bewuste Freude an allen, auch den kleinsten, Lebensfreuden, die mir noch zu Theil werden, gegeben hat.*

Als ihre Mutter am 10. August 1847 die Meersburg verließ, war an eine Mitreise der Droste nicht zu denken: *habe ich wirklich noch Jahre zu leben, so müssen wenigstens die nächsten und gefährlichsten in diesem Clima durchvegetirt werden, <...>.*

Trotz dieser gesundheitlichen Schwächung entstand vermutlich noch in diesem Monat für Bertha Arndts, eine frühere Freundin, das Gedicht *Auf hohem Felsen lieg' ich hier.*

Auf hohem Felsen lieg' ich hier,
Der Krankheit Nebel über mir
Und unter mir der tiefe See
Mit seiner nächt'gen Klage Weh,
Mit seinem Jubel, seiner Lust,
Wenn buntgeschmückte Wimpel fliegen,
Mit seinem Dräun aus hohler Brust,
Wenn Sturm und Welle sich bekriegen.

Mir ist er gar ein trauter Freund,
Der mit mir lächelt, mit mir weint,
Ist, wenn er grünlich golden ruht,
Mir eine sanfte Zauberflut,
Aus deren tiefen, klaren Grund
Gestalten meines Lebens steigen,
Geliebte Augen, süßer Mund
Sich lächelnd winkend zu mir neigen.

Wie hab' ich gar so manche Nacht
Des Mondes Widerschein bewacht,
Die bleiche Bahn auf dunklem Grün,
Wo meiner Toten Schatten ziehn,
Wie manchen Tag den lichten Hang,
Bewegt von hüpfend leichten Schritten,
Auf dem mit leisem Geistergang
Meiner Lebend'gen Bilder glitten.

Und als d e i n Bild vorüber schwand,
Da streckte ich nach dir die Hand,
Und weh' ward's in der Seele mir,
Daß du nicht weißt, wie nah sie dir;
So nimm denn meine Lieder hin,
Sie sind aus tiefer Brust erklungen,
Nimm sie mit alter Liebe Sinn
Und denk, ich hab' sie dir gesungen.

Am 9. November übersandte die Droste ihrer Mutter den folgenden Stimmungsbericht ins Rüschhaus: *Ich muß Dir doch auch ein klein wenig schreiben, um Dir selbst zu sagen, daß ich mich fast in jeder Beziehung sehr viel besser befinde, – wenn ich ganz still sitze, und mich auch sonst nicht anstrenge, könnte ich mich jetzt mitunter, ein wenig Bewegung abgerechnet, für ganz gesund halten, – ich schlafe gut, esse mit Appetit, habe gar keine Schmerzen, und komme mir auch, wenn ich still sitze, gar nicht kraftlos vor. – nur mit dem Gehen ists noch nicht besser, das wird sich aber hoffentlich mit dem nächsten Frühling geben, – es ist schon viel, daß mir das Aequinoctium dieses mal nicht geschadet hat, und daß ich jetzt, beym Eingange des Winters, wohler bin als im Sommer, – Aengstige Dich deshalb meinetwegen nicht, mein liebes Mütterchen, ich komme gewiß gut durch den Winter, – du weißt wie vortrefflich sich mein Zimmer heizt, ich spüre auch* *gar nichts von der Wetter Veränderung, – Jenny und die Kinder sind den Tag über sehr viel bey mir, und Nachts habe ich die Magd im Nebenzimmer, – kurz, ich bin sehr gut aufgehoben, <...>.*

Diese Einschätzung deckt sich mit einem Schreiben Laßbergs an den Freiherrn Carl von Brenken vom 11. Dezember 1847, in dem er anführt, daß es mit der Gesundheit seiner Schwägerin zwar *aeußerst langsam, aber in der hauptsache doch viel besser* gehe. Am 4. Januar 1848 teilte Jenny der Mutter mit, daß es die Droste gewagt habe, an der Weihnachtsbescherung teilzunehmen. Jenny glaubte jedoch nicht, daß ihre Schwester den Winter über ihr Zimmer noch einmal verlassen könne, da sie nun zusätzlich Rheumatismus bekommen habe.

*

Aus dieser Zeit stammt das letzte poetische Zeugnis der Droste. Es handelt sich wiederum um ein Freundschaftsgedicht. Gerichtet war es an den Freiherrn Ludwig von Madroux (1788-1865), der im September/Oktober 1846 für etwa drei Wochen das Schloß besucht hatte. Zwischen der Droste und ihm hatte sich eine auch brieflich bezeugte Freundschaft entwickelt.

Als diese Lieder ich vereint'

(für Ludwig von Madroux)

Als diese Lieder ich vereint'
Zum Kranz in ferner Heimat paarte,
Da freilich kannt' ich nicht den Freund,
Den mir die Zukunft aufbewahrte;
Da wußt' ich nicht, wie manchem Wort,
Das ich aus tiefer Brust gesungen,
Lag in der seinen der Akkord,
Der als harmonisch nachgeklungen.

Doch da, in ernster Gegenwart,
In freundlicher, doch fremder Zone
Mir seines Beifalls Freude ward
Und seiner Freundschaft Ehrenkrone;
Nun reich' ich gern die Blätter dar,
Was Flücht'ges drin, das sei vernichtet,
Was ritterlich, was gut und wahr,
Das sei, als hab' ich's dir gedichtet.

Nette kam herauf und *Nette war mit uns am Tisch*, heißt es am 8. und 9. Februar 1848 im Tagebuch der Schwester. Zweimal konnte die Droste sogar riskieren, ihren Meersburger Bekannten Bernhard Zeerleder von Steinegg, der im Zusammenhang mit dem Schweizer Sonderbundkrieg wegen Landesverrats in Meersburg einsaß, im Meersburger Gefängnis zu besuchen. Am 27. Februar berichtete die Droste ihrer Mutter: *Wie froh bin ich Dir mal wieder selbst schreiben zu können, mein lieb Mütterchen, und zwar nur Gutes. – Wir sind zwar Alle krank gewesen, aber auch Alle glücklich entwischt, – <...>. Kurz, liebste Mama, Du brauchst Dich gar nicht zu ängstigen, um K e i n e n v o n u n s! – denn mit mir geht es auch viel besser; g e h t sollte ich eigentlich nicht sagen, denn das Gehen ist noch immer der Stein des Anstoßes, und wird es auch wohl bleiben, aber in allem Uebrigen kann ich Gott nicht genug danken, wenn ich an meinen Zustand im vorigen Jahre um diese Zeit denke.*

Dann führte die politische Entwicklung eine veränderte Situation herbei. Vielleicht hiermit zusammenhängend, stellten sich neue Krankheitserscheinungen bei der Droste ein. Im Umfeld der 1848er Revolution kam es fast überall in Westfalen und im Badischen zu Unruhen. Besondere Ausmaße erreichten sie in Westfalen im Sauerländischen und Paderbornischen, unter anderem auf dem Gut des mit der Familie von Droste-Hülshoff befreundeten Freiherrn von Brenken-Erpernburg. Die Familien von Haxthausen und von Droste-Hülshoff erwogen sogar eine Auswanderung nach Amerika.

Fast täglich trafen – wiederum durch das Tagebuch Jennys bezeugt – neue Nachrichten über die politische Situation ein. So am 4. März die Mitteilung von Unruhen in Karlsruhe und München und am 6. März die Nachricht von Unruhen in Sigmaringen. Am 9. erfuhr man von einer stürmischen Volksversammlung in Stockach. Tags darauf kam es in Meersburg zu einem revolutionären Umzug. Charlotte von Salm-Reifferscheidts hielt sich bei der Droste auf, die *sehr in Angst* war. Am 15. März notierte Jenny: *Nette und ich packen Schmuck, Münzen, Papiere* ein; *große Besorgniß in Constanz, viele packen ein, Beamte flüchten, Furcht, selbst der Liberalen.*

Am 26. hören wir erneut davon, daß sich Charlotte von Salm-Reifferscheidt bei der Droste aufhielt, die wegen der politischen Lage in größter Besorgnis sei.

*

Noch einmal trat eine kurze Entspannungsphase ein. Am 27. März konnte Jenny ihrer Mutter berichten, daß sich die Droste sogar Hoffnung mache, im Sommer das Fürstenhäusle wieder zu besuchen. Am 1. April berichtete Laßberg seiner Schwiegermutter, es gehe der Droste *ganz wohl.*

Dann aber trafen am 10. April neue Hiobsbotschaften aus der Heimat ein, die von Unruhen im Paderbornischen berichteten. Die Familie von Bocholtz-Asseburg und andere freiherrliche Familien waren nach Paderborn geflüchtet. Bei der Droste stellte sich eine Erkrankung mit starkem Husten ein. Jenny von Laßberg untersagte ihr das Verlassen des Zimmers und die Teilnahme an der Geburtstagsfeier Josef von Laßbergs.

Am 13. April scheiterte in Konstanz der Versuch, die Republik auszurufen, am 17. gelang dieses Vorhaben, am nächsten Tag wurde die Revolution jedoch widerrufen. Während dieser Zeit war *Nette wieder unwohl.*

Am 17. April erkundigte sich Jenny von Laßberg bei Sophie von Haxthausen nach der politischen Lage in Westfalen. Ihre Gespräche mit der Droste kämen immer wieder darauf zurück. Im April und Mai hielt die äußerste Sorge der Droste über die politische Situation und das Schicksal ihrer Familie an. Sie war ständig darauf gefaßt, flüchten zu müssen und hielt ihre Sachen gepackt.

Noch ein letztes Mal, in einem Brief Josef von Laßbergs an Therese von Droste-Hülshoff vom 6. Mai, hören wir, daß die Droste auf dem Weg der Besserung sei. Am 19. Mai ging sie 6.000 Schritte auf dem Schloßhof. Am 20. stellte sich dann aber bei ihr ein Ermüdungszustand ein. Sie verbrachte den Tag auf ihrem Zimmer. In der Nacht vom 22. auf den 23. kam es um drei Uhr zu Blutspeien. Sie ließ einen Arzt rufen. Jenny von Laßberg verbrachte den ganzen Tag bei ihr und zog einen weiteren Arzt hinzu. Der Droste war untersagt zu sprechen. Sie hustete gelegentlich Blut.

Am 24. Mai wurde der Gesundheitszustand von ihrem Arzt als ungefährlich bezeichnet. Sie nahm um 14 Uhr mit Appetit eine Mahlzeit zu sich. Daraufhin stellte sich stärkeres Blutspeien ein. Jenny ließ den Arzt Hermann Liebenau rufen. Dieser konnte nur noch den Tod der Dichterin feststellen.

*

Am 26. Mai 1848 erfolgte ihre Beisetzung auf dem Meersburger Friedhof. Den Grabstein der Dichterin zieren die ersten Verse des Gedichts *Geliebte, wenn mein Geist geschieden.*

Geliebte, wenn mein Geist geschieden,
So weint mir keine Träne nach,
Denn, wo ich weile, dort ist Frieden,
Dort leuchtet mir ein ew'ger Tag!

Den Abschluß dieses Bändchens soll eines der faszinierendsten Gedichte der Droste bilden. Es entstand im Mai 1844 ebenfalls auf der Meersburg.

Locke nicht, du Strahl aus der Höh'

Locke nicht, du Strahl aus der Höh'
Denn noch lebt des Prometheus Geier,
Stille, still, du buhlender See,
Denn noch wachen die Ungeheuer
Neben deines Hortes kristallnem Schrein,
Senk die Hand, mein fürstlicher Zecher,
Dort drunten bleicht das morsche Gebein
Des, der getaucht nach dem Becher.

Und du, flatternder Fadenstrauß,
Du der Distel mystische Rose,
Strecke nicht deine Fäden aus
Mich umschlingend so lind und lose,
Flüstern oft hör' ich dein Würmlein klein,
Das dir heilend im Schoß mag weilen,
Ach, soll ich denn die Rose sein,
Die zernagte, um andre zu heilen?

Zur Zitierweise

Briefe und Werke der Droste werden nach der Historisch-kritischen Droste-Ausgabe, hrsg. von Winfried Woesler (Tübingen 1978ff.) zitiert, sofern die entsprechenden Bände vorliegen, ansonsten nach der zweibändigen Werkauswahl im Winckler-Verlag (hrsg. von Günter Weydt und Winfried Woesler) München ^{3}1989. Bei Zitaten aus Briefen, die noch nicht im Druck der Historisch-kritischen Droste-Ausgabe erschienen sind, konnte auf Transkriptionen in der Droste-Forschungsstelle, Münster, zurückgegriffen werden, so daß auch diese handschriftengetreu zum Abdruck gelangen. Die Briefe der Dichterin und die an sie gerichteten Briefe werden wie bei der Historisch-kritischen Droste-Ausgabe und anderen aktuellen Briefausgaben nach dem letzten im Brief genannten Datum datiert. Text der Droste und Fremdzitate erscheinen in kursiver Schrift. Spitze Klammern „< >“ kennzeichnen Ergänzungen oder Auslassungen innerhalb von Zitaten. Hervorhebungen im Original erscheinen gesperrt.

*

Häufiger benutzte Literatur

Karl Siegfried Bader (Hrsg.): Joseph von Laßberg. Mittler und Sammler. Aufsätze zu seinem 100. Todestag. Stuttgart 1955 [darin mehrere wichtige Forschungsaufsätze]

Walter Gödden. Die andere Annette. Annette von Droste-Hülshoff als Briefschreiberin. Paderborn 1991, 2. Aufl. 1992

Ottmar Scheiwiller: Annette von Droste-Hülshoff in der Schweiz. Einsiedeln o.J. [1926]

Levin Schücking: Annette von Droste. Ein Lebensbild. Hannover 1862

Levin Schücking: Lebenserinnerungen. 2 Bde. Breslau 1886

Modellfall der Rezeptionsforschung. Droste-Rezeption im 19. Jahrhundert. Dokumentation, Analysen, Bibliographie. Hrsg. von Winfried Woesler in Zusammenarbeit mit Aloys Haverbusch und Lothar Jordan. 2 Bde. Frankfurt usw. 1980 [fast vollständiger Abdruck aller Rezeptionszeugnisse aus dem 19. Jahrhundert]

Bildnachweise

Karl-Heinz Balzer
(Titelbild und Seiten 4, 23, 27, 30, 45, 64, 73, 84, 93)

Burg Meersburg (Seiten 98, 127, 140)

Landesbildstelle Westfalen
(Seiten 14, 39, 82, 105, 107, 117)

Julia Nijenhuis (Seiten 6, 10, 51, 91, 94, 132, 139)

Stiftung Preußischer Kulturbesitz, Berlin (Seite 115)